Friedo Lampe
Septembergewitter

Friedo Lampe
Septembergewitter

WALLSTEIN VERLAG

NACHMITTAGS SO GEGEN VIER UHR WAR der Ballon in der Nähe von Osnabrück in die Luft gestiegen – und nun glitt er sanft da oben durch den stillen blauen Raum, schöne weiße, runde Wolken glitten neben ihm her, und da unten lag unendlich weit gebreitet das grüne Wiesenland. Mr. Pencock hatte mit seinem Freunde Hamstead eine Wette gemacht, daß er den Mut habe, mit einem Ballon von Deutschland nach England zu segeln – nun stand er wahrhaftig in dem Hängekorb, und Mary, seine couragierte junge Tochter, und der Ballonführer standen neben ihm, und sie schauten alle in das Land hinunter. Mr. Pencock sah durch sein langes Fernglas und sagte: »Da unten liegt eine Stadt am Fluß«, und gab Mary das Glas. Und Mary sah die Stadt liegen: klein zwischen Wiesen am braunen Fluß, Brücken und den Hafen, die dikken dunkelgrünen Baummassen des alten Walls und das sanftgrünspanig leuchtende Kirchturmdach und das schwarze Schiff im Dock und den weißen Vergnügungsdampfer, der unter den Brücken durchfuhr, mit zurückgelegtem Schornstein, und in die Wiesen hinaus, und am Fluß den Kirchhof mit den winzigen Kreuzen und Grabsteinen – und Wiesen, Wiesen ringsherum mit kleinen Kanälen und Flüssen und darauf schwarze Kähne mit braunem Segel und alles so still und unbewegt im Nachmittagslicht. Kühl war es hier oben und klar, eine leichte Luft, und Mary sagte: »Wie friedlich liegt das da, wie muß man da idyllisch wohnen.« Aber Mr. Pencock sagte: »Das sieht wohl nur von oben so aus.«

Ja, es sah wohl nur von oben so aus. Denn da unten, da war es gar nicht kühl, sondern es war ein schwüler Spätsommernachmittag, windstill und schwelend. Und auf dem St. Ägidien-Friedhof, der neben dem Flusse lag, und der von oben so niedlich sauber aussah, da saß eine Frau brütend in einem schwarzen Kleide auf der Bank vor dem Grabe, eine große stattliche Frau mit dunklem Haar und bleichem Gesicht, und schaute auf das Grab und die üppig blühenden Blumen und in die Erde hinein. Aber der alte Friedhofsgärtner und Aufseher, der da gerade an einem frischen Grabe schaufelte, er hatte einen großen gelben Strohhut auf und scharfe graue Augen, das war ein lustiger alter Mann und er rief zur Gärtnerwohnung hin: »Meta, Anni, kommt doch schnell mal her, ein Ballon«, und die Mädchen, die dabei waren, einen Drachen zu kleben, den sie drüben auf dem Werder steigen lassen wollten, die kamen denn auch herangelaufen, und sie konnten den Ballon noch einen

Augenblick sehen – ruhig schwebte er durchs weiche Blau, eine braune Kugel, golden angeleuchtet vom Sonnenlicht, und dann war er hinter den dichten Baumwipfeln verschwunden.

»Gott, ich krieg' auf einmal so 'n Hunger«, sagte Mary da oben, »das macht diese frische kühle Luft«, und sie nahm aus der ledernen Tasche, die sie umhängen hatte, ein Stück Schokolade und begann zu knabbern. »Nun kann es doch wohl nicht mehr lange dauern, dann sehen wir das Meer«, meinte Mr. Pencock. »Da liegt es ja schon«, sagte der Ballonführer. Richtig, da leuchtete ja schon ganz fern am Horizont hinter dem Wiesengrün ein schmaler duftiger, hellblauer Streif. Aber nicht auf diesen Streif schaute der Ballonführer mit so finsterem Gesicht, sondern auf eine Stelle des Himmels, wo er sich weiß und fahlgrau färbte. Sollte das heute doch noch was geben?

SCHWÜLER SPÄTSOMMERNACHMITTAG DER alten Stadt, üppig blühend, windstill und schwer, und schwelend auf seinem Grunde. Immer dichter wachsen die Gärten zusammen, immer höher wuchert das Gras, immer dumpfer wird die Luft im Laubendunkel. Die muffigen verhangenen golddämmernden guten Stuben mit den roten Plüschmöbeln, die Setten dicke Milch, kühl rahmgelb auf der Fensterbank, die Brummer über Schinken und Wurst in der Speisekammer, der Duft der Äpfel unten im Keller auf den hölzernen Börten. Das Klaviergeklimper aus dem offenen Fenster auf die stille tote sonnige Straße und die Blumen auf den Gräbern des St. Ägidien-Friedhofs, die schlaff die Köpfe hängen lassen, und die großen Schmetterlinge streichen müde darüber hin. Die Schwäne auf dem Wallgraben, die ruhevoll dahinsegeln und die Hälse in das kühle braune Wasser tunken, der weiße Vergnügungsdampfer, der den Fluß runter fährt, in den Wiesen liegend am Werder sieht man den gelben Schornstein durch das Grüne ziehn und man hört das Rauschen der Radschaufeln. Dies ist die Zeit, wo die Kinder die Drachen steigen lassen. Sie stehen auf dem Werder und halten die Schnur in der Hand, und die Drachen schweben ruhig hoch oben in der blauen Luft, nur die langen Papierschwänze schlenkern wohl mal ein wenig hin und her. Und die Soldaten exerzieren auf dem Werder, man hört die Kommandos schallen über Wiese und Fluß und wohl auch das Geknatter der Gewehre, und man hört das Gehämmer aus dem

Schiffsdock hohl tönen über den Fluß und das Gekreisch aus der Badeanstalt.

Es ist die Zeit, wo es schön ist, am Nachmittag im Bürgerpark vor dem Schweizerhaus zu sitzen und seinen Kaffee zu trinken und auf den Viktoria-See zu blicken und auf die Wiesen und Bäume und auf die grünbemoosten Figuren, Najaden und Tritonen, die am Ufer stehen. Wöhlbiers Militärkapelle spielt zackige Märsche und Walzer und Operettenpotpourris, die Musiker haben blaue Uniformen und am Kragen goldene Litzen, und die Trompeten funkeln in der Sonne. Wenn die Kapelle aufhört, wird es für einen Augenblick still, und man hört das gemütliche Geplauder der Leute an den Tischen, über den Bäumen weg fliegt ein großer schwarzer Vogel ins sanfte Blau, und von ferne tutet die Eisenbahn.

Da kann es wohl sein, daß man plötzlich an diesen schrecklichen Mord denken muß, der da vor zwei Tagen im Bürgerpark bei der Borkenhütte an einem jungen Mädchen, einer Lehrerin, namens Marie Olfers – »sag mal, hatte Mariechen nicht früher auch mal bei ihr Unterricht?« – »das ist ja gerade das Schreckliche, war doch ihre Klassenlehrerin« – verübt worden war. Der Täter war bis jetzt noch nicht gefunden. So was konnte einem schon die gute Stimmung verderben, man wollte auf einmal nach Hause gehen. »Aber bitte nicht an der Borkenhütte vorbei, wir machen lieber einen Umweg.« – »Du Angsthase, jetzt passiert dir da sicher nichts, und ich bin doch auch bei dir.« – »Ach, an der Borkenhütte passiert immer was, das ist so'n Unglücksort, da ist es nicht geheuer. Damals hat sich doch auch Bankier Lüders da erhängt, als er nicht mehr weiter wußte. Nein, man sollte die ganze Hütte niederreißen, das wäre das beste.« Aber dann begann wieder Wöhlbiers Militärkapelle mit dem Potpourri aus der »Lustigen Witwe«, und man vergaß allmählich diese unheimliche Geschichte.

»SO, NUN MUSS ER NOCH EIN GESICHT haben«, sagte Anni, »das mußt du ihm malen, ich kann das nicht.« – »Das will ich schon kriegen«, sagte Meta und kramte in ihrer Schulmappe und holte den kleinen Tuschkasten heraus, tat etwas Spucke in den offenen Deckel und rührte die Farben an.

»Dora, was soll er für ein Gesicht haben?«

»Nun laß mich doch endlich in Ruhe«, sagte Dora, die am offenen Fenster saß und in einem Blatt Papier las und zuweilen den Kopf hob und die Lippen leise bewegte. »So kann ich das doch nicht auswendig lernen. Er muß natürlich lachen. Drachen lachen doch immer. So'n Sonne-Gesicht.«

»O ja, mach mal, daß er lacht«, sagte Anni.

»Oder soll er weinen – so?« sagte Meta und zog ihren Mund nach unten und guckte Anni mit ihren dunklen Augen unglücklich an.

»Och nö, nicht weinen.«

»Jetzt weiß ich was«, sagte Meta, und sie malte schnell ein Gesicht auf, die eine Hälfte war lustig und die andere traurig, das eine Auge war rund und lachte gutmütig, und aus dem andern tropften dicke Tränen, und der Mund war halb nach oben gebogen und halb hing er schmerzlich nach unten.

»Ein Lach-Wein-Gesicht«, rief Anni und hopste begeistert im Zimmer herum. »Dora, guck doch mal, ein Lach-Wein-Gesicht. Das ist schick, Meta.« Meta ließ sich gar nicht stören, malte erregt weiter. Dicke Augenbrauen rund, Backen rot, Haare gelbstrahlig, Nase blau. Nun kam auch Dora gelangweilt an den Tisch.

»Hm, wirklich ganz komisch, aber nun seid auch mal 'n bißchen leise.« Und dann setzte sie sich wieder ans Fenster und sagte vor sich hin:

»Die Herzogin war eine Italienerin, und sie soll sich nie wohl gefühlt haben hier oben im Norden, sie soll so jung gestorben sein, weil sie so großes Heimweh hatte. Deshalb ließ ihr der Herzog diese lateinische Inschrift auf die Grabplatte meißeln, die übersetzt also lautet:

Klare Luft und blaues Meer,
Das vergaß sie nimmermehr,
Konnt' im Tode erst gesunden,
Hat zur Heimat zurückgefunden.«

DIE GROSSE SCHWARZE FRAU TRAT VON dem Grabe weg und ging langsam zu dem Friedhofsgärtner hinüber. »Der Buchsbaum von meines Mannes Grab ist schon wieder niedergetreten.«

Der alte Mann ließ die Schaufel liegen und krabbelte aus dem Grab und folgte ihr und sah sich den Schaden an. »Die gräßlichen Göhren, das waren natürlich wieder meine beiden Enkelkinder, ich seh's ja an den kleinen Fußabdrükken. Wann die wohl mal lernen, wie man sich auf einem Friedhof zu benehmen hat.« – »Das müßten sie doch allmählich wissen«, sagte Frau Hollmann. »Sie sind ja erst kurze Zeit bei mir«, sagte der Großvater, »als meine Tochter vorigen Herbst starb, habe ich die drei Kinder zu mir genommen. Ich hab' sonst viele Freude an ihnen, sind so reizende gute Kinder, und sie helfen mir auch, Dora kocht für mich und jetzt soll sie auch die Führung durch die Kirche und Sakristei übernehmen – ja, aber dies Rumtollen auf den Gräbern, das geht natürlich nicht, das muß man ihnen – sieh, da kommen sie ja gerade, oh, mit dem Drachen, sie haben sich nämlich einen Drachen gemacht, sie sind ja so furchtbar geschickt, die beiden Mädchen, und nun wollen sie mir den Drachen zeigen.«

Meta ging voran und schwenkte den Drachenkopf, damit das Gesicht noch etwas trockne, und Anni trug den Schwanz aus lauter bunten Papierröllchen am äußersten Ende. Sie blieben stehen, als sie den Großvater bei der fremden Dame sahen, die sie so ernst anblickte mit ihren schwarzen Augen in dem blassen Gesicht, und die so groß war und so schwarz gekleidet jetzt im Sommer, im Sonnenschein, unter den Bäumen.

»Kommt mal her, seht euch das mal an, nun habt ihr doch wieder auf dem Friedhof herumgespielt und Frau Hollmann das schöne Grab zertreten. Kinder, das geht doch nicht.« Die beiden Mädchen standen bedrückt da, und Meta ließ den Drachenkopf sinken und bohrte mit der Fußspitze ein kleines Loch in die Erde. Anni sah abwartend den Großvater an. Der lustige Großvater, war er denn wirklich böse, na, na, wird er nicht gleich ein wenig lächeln?

»Nun lassen Sie man die Kinder«, sagte Frau Hollmann.

»Ich müßte viel strenger mit euch sein«, sagte der Großvater. »Nun kommt mal her, nun stört Frau Hollmann nicht länger.« Die Kinder traten zurück, und der Großvater wandte sich nochmal um und sagte: »Sie entschuldigen das, nicht wahr? Für die Kinder ist dies eben ein schöner Garten zum Spielen. Oh, zu Hause auf dem Lande, da hatten sie einen so großen Garten, aber es geht natürlich nicht.«

»Ist nicht so schlimm«, sagte Frau Hollmann und schritt zu ihres Mannes Grab zurück, setzte sich auf die Bank davor, die Hände matt im Schoß.

»Wir wollten dir doch den Drachen zeigen«, sagte Meta und hob zaghaft den Drachenkopf und zeigte das Gesicht.

»Ein Lach-Wein-Gesicht«, sagte Anni.

Der Großvater mußte an sich halten, daß er nicht laut loslachte, aber dann sah er scheu zu

Frau Hollmann hinüber und sagte nur: »Auf was ihr nicht alles kommt, das ist ja glänzend«, und dann schob er sie sanft fort: »Nun geht man nach draußen und spielt noch 'n bißchen, aber zur rechten Zeit zum Abendbrot da sein.«

»Wir wollen doch den Drachen noch steigen lassen.«

»Kinder, ist ja gar kein Wind. Und wer weiß, vielleicht gibt es heute noch 'n Gewitter.«

»Wir gehen doch los«, sagte Meta. »Opa, können wir ihn hier 'n Augenblick liegen lassen zum Trocknen?«

»Ja, ja.«

Die Mädchen liefen fort. »Letzten«, sagte Anni und tippte Meta an den Arm und raste fort. »O du«, rief Meta und raste ihr nach. Zwischen Gräbern durch, hops, über eine Steinplatte, an der weißen Kirche vorbei aus der Friedhofspforte.

STILLE. DER GROSSVATER STAND WIEDER in dem Grab und schaufelte, man hörte, wie die Schaufel hin und wieder an einen Stein stieß. Frau Hollmann saß still brütend auf der Bank, und Dora murmelte noch immer ihren Text vor sich hin, dort am offenen Fenster. Großvaters

Bienen – da hinten in der Ecke an der Mauer standen drei Körbe – summten über den schlaffen Spätsommerblumen, die üppig auf den Gräbern wuchsen, und die großen Schmetterlinge setzten sich müde auf die Kreuze, vom Fluß her tönte hohl das Gehämmer aus der Werft – da begann die Orgel in der Kirche leise zu summen und zu klagen, goldenwarme Töne, süß und feierlich, schwammen über die Gräber hin.

»ICH GLAUBE, JETZT KANN ICH'S«, SAGTE Dora.

»Na, dann schieß mal los.« Der Großvater stand aufrecht im Grabe und legte die Hände auf den Schaufelgriff. »Nun guck dir bloß das Gesicht an«, sagte er. – »Nun haben sie ihn hier stehen lassen«, sagte Dora. »Ich will ihn man reinnehmen.« »Ach, laß ihn doch da, ich seh' ihn mir gern noch 'n bißchen an. Sag du man deinen Text her.« Der Drachen blieb also da, und der Großvater guckte wohl mal zu ihm rüber, während Dora ihren Text herdeklamierte. »Nicht so laut«, sagte der Großvater und blickte auf Frau Hollmann, und Dora beugte sich noch weiter zu ihm runter, die Hände auf die Knie gestützt: »Also nochmal: Mit dem Bau der Kirche ist schon im 9. Jahrhundert begonnen worden. Ursprünglich hat hier ein Kloster gestanden, das hat der heilige Ägidius begründet. Mit seinen Mönchen ist er von weit hergekommen, um auch in diese Gegend das Christentum zu bringen, und da fand er an unserem Fluß diese Stelle, hier war eine langgestreckte hohe Düne, und Fischer hatten sich hier angesiedelt, weil man hier den Fluß besonders gut überqueren konnte. Da sagte sich der heilige Ägidius ganz richtig …«

»Hm, gar nicht übel«, meinte der Großvater, »das geht wie geölt, nur noch ’n bißchen einfacher mußt du sprechen, so, als wenn du’s mir eben gerade erzählst.«

»Ja, das weiß ich wohl, aber das kann man nicht gleich.«

»Kommt schon, kommt schon.«

META UND ANNI SCHLICHEN LEISE AUF Fußspitzen durch den hohen Kirchenraum, sie drückten sich in eine Bank und lauschten. Weiß und grell fiel das Sonnenlicht durch die hohen schmalen, staubigen Fenster auf die kalkweißen kahlen Wände und den Fußboden, und die Altardecke, auf der die dicke schwarze Bibel lag, leuchtete blutigrot. Oben an der Orgel saß Herr Metzler rund über die Tasten gebeugt, man sah nur seinen breiten schwarzen Rücken. Und die Kinder sahen nicht, daß noch jemand hinter ihnen durch die Tür in die Kirche getreten war, ein Mann mit einem runden freundlichen frischen Gesicht, mit kräftiger Nase und vollen roten Lippen und braunen träumerischen Augen, die feucht aufglänzten bei der schönen Musik.

Immer mächtiger schwoll die Orgelmusik an, dunkel flutend, wühlend und dumpf rumorend, aufklagend und süß ziehend – und Meta legte die Arme auf die vordere Bank und den Kopf darauf und träumte so hin, schwamm mit in diesem dunklen Strom von Tönen, wurde mitgezogen in dies rote düstere Meer der Klage, tauchte unter in das schwarze dicke Gewoge, wie der Schwan untertaucht und überschwemmt wird von den drohenden Wellen, wenn das Gewitter die Fluten des Sees aufwühlt.

UND WÄHRENDDEM SAGTE DORA: »DIE Herzogin war eine Italienerin, und sie soll sich nie wohl gefühlt haben hier oben im Norden, sie soll so jung gestorben sein, weil sie so großes Heimweh hatte. Deshalb ließ ihr der Herzog diese lateinische Inschrift auf die Grabplatte meißeln, die übersetzt also lautet:

Klare Luft und blaues Meer,
Das vergaß sie nimmermehr,
Konnt' im Tode erst gesunden,
Hat zur Heimat zurückgefunden.«

»Ja, Dora«, sagte der Großvater, »klare Luft und blaues Meer, das vergißt er nimmermehr.«

»Glaubst du wirklich, Opa, ich hab' ja manchmal auch so das Gefühl, daß er nicht bleibt.«

»Er ist ja so 'n Luftikus«, sagte der Großvater.

»Gott, ich hab' ja solche Angst, jetzt liegt doch die ›Tosca‹ im Hafen, weißt du, mit der er früher gefahren ist, und die fährt zurück nach Genua, heute abend; gestern ist er schon mit dem Bootsmann zusammen gewesen.«

»Nun«, sagte der Großvater, »heute wird's ja wohl noch nicht sein.«

META LAG MIT DEM KOPF AUF DER BANK und weinte, schluchzte laut, ohne es zu wissen, und Anni beugte sich über sie und schüttelte sie: »Was hast du denn, was ist denn?« Und Herr Metzler hörte auf zu spielen, stand auf und drehte sich rum und blickte mit seinem dicken blassen Gesicht und den kleinen schwarzen Augen stumpf auf das Mädchen runter, die Hände auf das Geländer der Empore gestützt.

»O Onkel Metzler«, rief Meta zu ihm rauf und lächelte schüchtern und schluchzte dabei nochmal auf, »wie hast du traurig gespielt – wie war das schrecklich traurig.«

»Traurig und schön«, sagte eine Stimme hinter den Mädchen dunkel und voll, und die Mädchen drehten sich rum und sahen da den Mann stehen, und auch Herr Metzler sah auf den Mann, starr und blaß und tief erschreckt.

»Was wollen Sie?« fragte er leise.

»Sie zur Polizei bringen«, sagte der Mann ruhig und lächelnd, »weil Sie hier so schandbar, so verbrecherisch schöne Musik machen. Sind Sie so gut und kommen mal hier runter, ich möchte gern mal mit Ihnen sprechen.«

»Ja«, sagte Herr Metzler und stieg langsam schweren Schrittes die Wendeltreppe von der Empore hinunter. Die Mädchen hätten gerne noch etwas mit Onkel Metzler geplaudert, aber als sie nun sahen, daß der fremde Herr ihn so sehr mit Beschlag belegte, gingen sie still aus der Kirche. »Jetzt ist er wohl trocken«, meinte Anni. Sie gingen also auf den Friedhof, um

Lach-Wein-Gesicht zu holen. Es wurde ja auch Zeit, daß sie zum Werder kamen. »Ich weiß nicht, Kinder«, sagte der Großvater, »es wird so schwül, und die Sonne ist so stechend, vielleicht gibt es noch ein Gewitter. Ist doch auch gar kein Wind.«

»Wir wollen es trotzdem versuchen«, sagten die Mädchen.

»Was hast du denn für 'n verheultes Gesicht?« sagte Dora.

»Ach nichts«, sagte Meta.

»NEIN, DAS WAR WUNDERBAR«, SAGTE der Herr, »ich hab' Sie schon ein paarmal gehört am Nachmittag, wenn ich auf meinem Spaziergang hier vorüber kam, aber so schön wie heute haben Sie noch nicht gespielt. Was war das denn für ein Stück, das Sie da spielten?« Seine roten Lippen leuchteten, als schmecke er noch einmal in der Erinnerung die Töne nach.

»Ach, das war nichts, das war so 'ne eigene Fantasie, so 'n dummes Zeug –«

»So was können Sie erfinden? Oh, das müssen Sie aufschreiben, das ist was Besonderes. Ich verstehe etwas von Musik, habe selber ein Harmonium zu Hause und spiele wohl mal so 'n bißchen drauf. Bin natürlich ein blutiger Dilettant, aber so viel merke ich wohl, daß Ihr Spiel was Besonderes ist. Wissen Sie, das ging einem an die Nieren – war gar nicht darauf gefaßt, so was in einer Kirche zu hören.«

»Wie meinen Sie?« fragte Herr Metzler, ihn von unten finster anblickend.

»Ja, wissen Sie, das war gar nicht so 'ne fromme Kirchenmusik, nee, nee. Da war ja Leidenschaft drin und Blut, wissen Sie. – Aber nun quaßle ich hier so, und ich wollt' Ihnen doch eigentlich nur sagen, ob Sie nicht mal zu mir kommen wollen, um mir etwas vorzuspielen? Man hat ja so wenig Menschen, und ich hab' das Gefühl –«

»Doch«, sagte Herr Metzler zögernd, »wenn noch Zeit dazu da ist.«

»Gott, Sie werden doch wohl mal ein paar Stunden nachmittags Zeit haben, dann plaudern wir mal gemütlich, meine Schwester kocht uns 'nen strammen Kaffee, und dann spielen Sie mir was vor auf dem Harmonium – wollen doch gleich mal 'n Tag festlegen. Paßt Ihnen Donnerstag nachmittag?«

»Doch, das ginge wohl.«

»Dann kommen Sie doch so gegen fünf. Paßt das? In Ordnung. Ich heiße Runge, Christian

Runge, und wohne am Wallgraben 67. Können Sie das behalten? Ich will's Ihnen lieber aufschreiben.« Herr Runge holte einen Notizblock raus und schrieb die Adresse auf, und Herr Metzler fragte indessen: »Sind Sie der Dichter Runge, der Mann, der die schönen Herbstgedichte gemacht hat?«

»Ja, ja, das bin ich, entschuldigen Sie man«, und freundlich lachend gab er ihm den Zettel und reichte ihm die Hand: »Also Donnerstag. Aber ich weiß ja noch gar nicht, wie Sie heißen. Metzler? Also auf Wiedersehn, Herr Metzler, Donnerstag bestimmt, dann wollen wir mal ordentlich in Musik schlampampen, was?«

ICH KANN JA RUHIG DAS ROTE KLEID anziehen, dachte Frau Hollmann, aber glaubt man nicht, daß das was ändert. Für mich ist es vorbei, vorbei, vorbei. Und dann durchfuhr es sie plötzlich: der Schlüssel, und sie preßte die Handtasche gegen den Leib, dann kramte sie hastig in der Tasche herum – der Schlüssel war nicht da. Ob Mutter heute an den Schrank ranging, lange genug hatte sie gedroht. Das wollen wir doch mal sehen. Ruckartig stand sie auf und ging schnell zur Friedhofspforte, dachte nicht einmal daran, zu dem Großvater rüberzugrüßen – wie ein schwarzer Schatten glitt sie an der weißen Kirchenmauer vorüber.

»Guck mal, was sie nun wohl wieder hat«, sagte der Großvater.

»Die ist wirklich tüdellüdellüt«, sagte Dora. »Tagtäglich so an dem Grabe rumzuhocken.«

»Und dabei hat sie so einen kleinen netten Jungen«, sagte der Großvater, »der kleine Martin, weißt du, den sie auch wohl mal mit hierher geschleppt hat. Was soll so 'n Junge nun an einem Grabe sitzen. Also weiter im Text.«

Und Dora sagte: »Ich möchte Sie noch besonders auf die Orgel aufmerksam machen, sie stammt aus dem Jahre 1648 und ist der Kirche von einem reichen Kaufmann geschenkt worden aus dankbarer Freude über das Ende des Dreißigjährigen Krieges, die schönste Barockorgel dieser Gegend, der Orgelbauer Samuel Büttner hat sie …«

JA, DER KLEINE MARTIN WAR AUCH heute nur mit knapper Not dem Zwange entronnen, mit der Mutter auf den Friedhof gehen zu müssen. Gleich nach dem Essen hatte sie ihm gesagt, daß er heute aber wieder einmal mitkommen müsse. »Du denkst zu wenig an deinen Vater, du vergißt ihn wohl schon, hast du so 'n Katzengedächtnis?« Aber dann war's ihm doch gelungen, sich heimlich davonzustehlen, das Badetuch und die Badehose unterm Arm, und der hatte sich mit der Fähre über den Fluß setzen lassen und saß nun auf dem Holzsteg in Timmermanns Badeanstalt und schielte unauffällig zu Dickie Brent und seiner Bande hinüber und ließ die Beine pendeln. Er und Vater vergessen, den guten munteren Vater, grade hier bei Timmermann mußte er ja besonders stark an ihn denken, hier, wo sie so schön zusammen geschwommen hatten. Oh, wie war das komisch gewesen, als Vater ihm das Schwimmen beigebracht hatte – »Junge, nun mal los, nun mal nicht so viel Fisematenten« – und war neben ihm hergeschwommen und hatte seinen kräftigen Arm ausgestreckt, und Martin hatte daraufgelegen und die Schwimmbewegungen gemacht, die hatte ihm Vater an Land beigebracht, und dann hatte er, ohne daß Martin es merkte, den Arm weggezogen – und Martin konnte schwimmen, ganz allein. Und in denselben kräftigen, sehnigen Arm, der ihn so gut getragen hatte durchs Wasser, mußte Martin denken, in denselben Arm ist der kleine Dorn gedrungen von den Stachelbeerbüschen, als Vater im Garten gearbeitet hat, nur ein ganz kleiner Dorn, und ein blauer Aderstreif ist den Arm raufgelaufen, hin zum Herzen, und dick geschwollen war auf einmal der Arm, und als der Vater noch gelacht hat: »Ist ja nichts, wegen so was zum Arzt«, da hat der kleine Dorn auch schon den kräftigen, rosigen, frischen Mann gefällt, und er ist dagelegen im Sarge, in der guten Stube, im Sommer, und draußen sein Garten, den er so geliebt hat, und alles so blühend.

Dickie Brent saß im Sande, und um ihn im Kreis saß seine Bande, Dickie, der Engländer, in London erzogen, weit herumgekommen, Erbe von Brent & Co., Tabakexport, erst seit zwei Jahren in der Stadt und schon unumschränkter Herrscher der »Peliden«. Dickie, braungebrannt, breitschultrig, mit Eisenmuskeln und den runden harten Kopf kurzgeschoren wie ein Sträfling und die Augen scharfblau. »Peliden«, sagte Dickie, »jetzt ist wieder die Drachenzeit gekommen, und genau wie im vorigen Jahr treibt hier wieder dieser kleine böse Junge sein Unwesen. Gestern war der dritte Fall, daß er den Kindern die Drachenschnur durchschnitten hat, er macht sich besonders gern an schwache Mädchen ran, der Feigling, und springt sie von hinten an und schneidet die Schnur durch, und wenn die Mädchen dann schreien, dann kräht er: Seid doch froh, daß Drachen-Emil euch von den Biestern befreit. – Er muß verrückt sein oder ein ganz gemeiner Hund, aber er ist auch schlau und läßt sich nicht fangen. Sollen wir nun so lange warten, bis Gendarm Fritze den Burschen mal auf frischer Tat ertappt? (Gelächter der Bande.) – Ja, da könnten wir lange warten. Nein, wir wollen die Sache selber in die Hand nehmen. Beobachtet also von jetzt ab genau das Terrain, habt vor allem die Kinder mit den Drachen im Auge, und sobald einer von euch was Verdächtiges sieht, trommelt er die Bande zusammen. Ihr habt ja wohl alle gehört, wie Drachen-Emil aussehen soll: gelber Strohkopf, blauer Sweater, braune Samthose. Vielleicht ist es möglich, daß er sich heute schon zeigt.«

»Fliegt aber ja gar kein Drachen«, wagte ein kleiner Spitznasiger einzuwenden, »ist ja gar kein Wind.«

Dickie sprang auf und blickte herum. »Du hast recht, Pips, völlige Flaute.« Dickies scharfe Augen durchquerten prüfend den Himmel. Das schöne sonnige Wetter war hin, weißlich glimmend hatte sich der Himmel verfärbt, eisengrau der Fluß, und da hinten am Horizont, hinter

Deich und runden Büschen und Strohdächern drängte es dunkelbrauend zusammen. »Ich weiß nicht, ich weiß nicht«, sagte Dickie. Und da wieder ein Windstoß, Wind kam ja auf, und da, da sah Dickie ja zwei Mädchen über den Werder gehen; alle von der Bande standen auf und reckten sich, um über die Planke von Timmermanns Badeanstalt sehen zu können, zwei Mädchen mit einem Drachen. »Ich weiß nicht«, sagte Dickie, »vielleicht läuft uns Drachen-Emil heute doch noch in die Falle.«

»WIND«, RIEF META, »NUN IST DOCH WIND da.« Sie hielt den Drachenkopf hoch und rief: »Los«, und Anni, die ein Stück weit weg stand und die Schnur und die Bandrolle in der Hand hatte, raste los über die Wiesen, und ein Windstoß drängte gegen Lach-Wein-Gesicht, und er schoß hoch und taumelte hin und her in wildem Bogen, und der Schwanz schlenkerte und tanzte in der Luft, und er stieg und stieg. »Adjöh, Lach-Wein-Gesicht, adjöh.«

»Niemand kann nun sein Gesicht mehr sehen, schade«, sagte Anni.

»Die Vögel können es sehen«, sagte Meta.

»Och die«, sagte Anni.

Da krachte eine Gewehrsalve über den Werder hin in die drohende weißglimmende hohle Stille. Da sahen die Mädchen die Soldaten, die dort hinten in der Nähe des Flußdeiches exerzierten. Sie sahen die stumpfblauen Uniformen.

»Oh, komm lieber hier weg«, sagte Anni, »komm weiter hin zu Timmermann.«

»Bangebüx«, sagte Meta. »Die schießen doch nicht richtig. Die tun doch nur so.«

JONNY STEGMANN SASS IM SANDE NEBEN Dickie Brent und redete auf ihn ein: »Ist wirklich 'n feiner Kerl.«

»Sitzt aber immer ziemlich miesepeterich da«, sagte Dickie.

»Hat ja auch erst voriges Jahr seinen Vater verloren.«

»Na, hol ihn mal her.«

Martin hörte gar nicht, als Jonny rief, sah auf zu Lach-Wein-Gesicht und seinem bewegten taumelnden Steigen. Jonny trat zu ihm hin:

»Mensch, komm doch her, er will mit dir sprechen.«

»Also du willst rein in die Bande«, fragte Dickie. Er saß mit gekreuzten Beinen da, ließ Sand durch die knochigen braunen Finger rinnen, und Martin blickte auf Dickies harten, runden, kurzgeschorenen Schädel. Die Leute von der Bande saßen um ihn und starrten wortlos auf Martin.

Martin nickte schuldbewußt.

»Wie kommst du darauf?«

»Ich möchte eben gern rein.«

»Ja, das möchte wohl mancher. Brauchen aber Eliteleute. Siehst nicht nach einem Helden aus. Na, manche haben's ja in sich. Ihr braucht gar nicht zu lachen. Habt euch bis jetzt schön blamiert im Falle Marie Olfers. Ach, Mist ist das alles.«

»Hast du denn was rausgekriegt?« wagte Pips, die kleine Spitznase, zu fragen.

»Halt den Sabbel, Pips«, sagte Dickie finster, »bin ich dir Rechenschaft schuldig? Du bist mir zu frech seit einiger Zeit. Sieh mal, da oben fliegt doch 'n Drachen. Geh mal hin, Pips, und paß auf, ob du Drachen-Emil siehst. Kannst mal 'n bißchen Wache schieben, da an der Planke, das scheint mir ganz gut für dich zu sein.«

Pips lief rot an bis in seine spitze freche Nase hinein, sagte aber nichts weiter, ging artig zur Planke.

»Dalli, dalli«, rief Dickie ihm nach. Und dann fragte er Martin: »Kannst du boxen?«

Martin schüttelte trübe den Kopf.

»Ringen?«

»Nein.« Martin schluckte. Ach, was sollte das Getue, er wollte ihn ja doch nicht, wollte ihn ja nur los sein.

»Er kann aber wirklich ganz schön schwimmen«, sagte Jonny.

»So? Wollen mal sehen.« Dickie sprang auf und ließ sich von Jonny die Armbanduhr geben und stellte sich auf den Steg, und Martin mußte an den Strand treten. »Dreimal zum vierten Pfeiler und zurück. Los.«

Martin warf sich verzweifelt in das graue Wasser und stieß die mageren Ärmchen vor, Böen trieben Wellen auf, ein schwarzer Schlepper stampfte dunkelrauchend vorüber, drüben aus der Werft tönte hohl das Gehämmer, hinten vom Werder das Geknatter der Gewehre, der Himmel war weiß und erbarmungslos, und da oben stand hochaufgerichtet Dickie Brent und sah auf die Uhr in der Hand und zählte leise, Dickie, breitschultrig und eisenköpfig, der Achilles der Peliden. Und oben aus der Tür der grünen Bretterbude, hinter deren schwarzem Pappdach es so dunkelgrau aufzog, trat auch noch Herr Timmermann, dick und mit einer großen weißen Schürze, und sah zu.

Und dann sagte Dickie: »Anderthalb Minuten zu lang. Hier, Jonny, deine Uhr. Nein, laß mich mit deinem Hollmann in Ruh. Nee, nee, das hat doch keinen Sinn, wir müssen viel mehr auf Elite halten, so geht das nicht.« Er drehte sich weg von Martin, ging vom Steg runter, ging rauf zu Herrn Timmermann. »Fünf Spekulatius«, sagte er.

»Du hast die ganze vorige Woche noch nicht bezahlt.«

»Sie kriegen's Sonnabend, auf Ehrenwort.«

»Ehrenwort«, lachte Herr Timmermann, »Kinder, Kinder, schönes Ehrenwort.«

»Wenn ich Ehrenwort sage, dann stimmt es.«

»Gott, ach Gott«, sagte Herr Timmermann, »den netten kleinen Hollmann-Jungen schikanieren, das könnt ihr, das ist 'ne Heldentat. Nee, so einem geb' ich keinen Spekulatius. Kann mich bremsen.«

»Dann freßt Euern Spekulatius allein und krepiert daran«, sagte Dickie.

»Hat erst voriges Jahr seinen Vater verloren. Ich kann dir sagen, das war ein Schwimmer. Wenn der noch lebte, dann dürftet ihr den Jungen nicht so schikanieren, hätte euch ordentlich das Fell versohlt. Mein Gott, was hatte der Mann für Kräfte, steckte euch alle, euch aufgeblasene Bande, in die Tasche.«

»Och, das lassen wir uns nicht mehr gefallen. Glauben Sie, wir sind auf Ihre dreckige Badeanstalt angewiesen, baden einfach in den Schlängen.«

»Bitte, bitte, kostet man nur fünfzig Mark Strafe.«

»Das wird mir zu dumm«, sagte Dickie.

»Siebzig Pfennig«, rief ihm Herr Timmermann nach.

Dickie ging zur Bande zurück, die ihn bewundernd ansah. Ein Mordskerl, unser Achilles, da hatte er's dem Timmermann mal wieder gegeben. »Ich geh zu Charisius.«

Er ging zur Planke. »Pips, fein aufpassen, ob du Drachen-Emil siehst. Notfalls mich sofort benachrichtigen, ich geh zu Charisius.« Dann kletterte er über die Planke.

»Flegel, du weißt doch, daß das verboten ist in der Badehose«, rief von oben Herr Timmermann.

»Klar doch, Herr Timmermann«, rief Dickie zurück, rittlings auf der Planke sitzend, und winkte elegant mit der Hand, dann schwang er sich rüber und war verschwunden.

DORA STAND IN DER KÜCHE UND WUSCH das Geschirr vom Mittagessen ab, sie kam erst jetzt dazu, da sie durch das Lernen des Textes und das Aufsagen so lange aufgehalten war. Das Küchenfenster stand offen, und sie sah beim Abwaschen auf den Friedhof. Immer dunkler, weißlicher, grauer war es in ihm geworden, und schwere Windstöße wühlten wohl mal dumpf in den dicken hängenden Blättermassen. Der Großvater war nun bald mit seinem Grabe fertig, einen großen runden Sandhügel hatte er rausgeschaufelt, und nun stampfte er den Boden im Grabe fest und klopfte die Seitenwände hart. Und er wußte nicht, daß er schon seit längerem beobachtet wurde. Da schaute ein rundes blasses Gesicht mit kleinen schwarzen Augen durch das staubige Sakristeifenster. Herr Metzler stand da, bewegungslos, die Hände auf dem Rücken gefaltet, und schaute auf das neugeschaufelte Grab. Und neben ihm am Haken auf der kalkigen Wand hing sein steifer schwarzer Hut. Und dann bewegte sich Herr Metzler brütend langsam hin und her, und dann griff er auf einmal zu seinem schwarzen steifen Hut und drehte sich um und verließ die Kirche.

Da sah Dora, wie die beiden Rodanis zur Kirchhofspforte hereinkamen, Vater und Sohn.

Herr Rodani im schwarzen Anzug mit großem Künstlerschlapphut ging neben dem Handwagen her, den Alberto zog. Ich geh nicht zu ihm hin, dachte Dora, laß ihn man herkommen, der soll sich nur nichts einbilden. Zwei neue Grabmäler wackelten in dem Wagen, ein schwarzer glattgeschliffener Basaltstein mit Goldinschrift und ein kleiner Marmorengel für ein Kindergrab. Der Engel kniete und hatte den Arm auf das Knie gestützt und den Lockenkopf in die Hand gelegt und schaute fromm nach oben.

»Tag, mein Kind«, sagte der Großvater, der aus dem Grab gestiegen war und dem Engel über die Locken strich. »Da bist du ja mal wieder.« Herrn Rodanis gelbes Gesicht mit dem traurighängenden Chinesenbart bekam einen noch gequälteren und unglücklicheren Ausdruck. »Die Leute wollen ihn doch haben«, rief er, »ich hätte ja so gern mal was anderes gemacht, – wie mir dieser Engel zum Halse raushängt.«

»Ist aber doch ganz bequem«, sagte der Großvater.

»Ich will's ja gar nicht bequem haben. Ich bin Künstler. Ich möchte schaffen, was mir vorschwebt, herrliche Ideen, ganz neuartig, oh, Sie sollten mal nach Genua kommen, auf den Friedhof, was es da für prachtvolle Gräber gibt.«

»Ich find' ihn ganz niedlich.«

»Kitsch ist das. Aber Sie wollen mich ja nur aufziehn. Ich kenn' Sie ja. Sie wollen mir ja nur zu verstehen geben, daß ich es mir leicht mache, daß ich …«

»Aber bestimmt nicht, Herr Rodani.«

»Ach, Sie sind auch gegen mich. Ich weiß es ja. Alle sind gegen mich.«

Herr Rodani ging ein paar Schritte zu einem neuen Grabhügel, auf dem noch die verwelkten Kränze lagen. »Wer hat den Auftrag für dieses Grab bekommen? He?«

»Becker«, sagte der Großvater.

»Ja, und Sie alter hinterlistiger Mensch, Sie haben die Leute zu Becker geschickt, haben sie sogar hingebracht.«

»Unsinn«, sagte der Großvater kleinlaut und sah geniert zu Boden.

»Alberto hat es gesehen. Alberto, wann war das?«

Alberto hatte ruhig dagestanden, er hatte das Bein auf den Wagen gestellt und seinen Arm auf das Knie gestützt und den Krauskopf in die Hand gelegt und sah mit seinen weichen südländischen Augen träumerisch die beiden Männer an, träumerisch über sie hinweg. Steht ganz da wie der kleine Marmorengel, mußte der Großvater denken, und da sagte Alberto dunkel und melodisch: »Donnerstag nachmittag, Papa.«

»Bin doch mit Becker befreundet«, sagte der Großvater, »sind zusammen zur Schule gegangen.«

»Becker ist ein Pfuscher, ein Dilettant, aber ihr haltet alle zusammen. Oh, ich geh wieder zurück nach Genua, es ist zum Wahnsinnigwerden, überall Intrigen und gemeine Machenschaften. Lassen Sie doch die Hände von Sachen, die Sie nicht verstehen, bringen Sie lieber Ihre Gräber in Ordnung und sorgen Sie dafür, daß einem hier nicht die verfluchten Bienen um den Kopf summen. Weg, ihr Viecher, ist das 'ne Art, Bienen auf dem Friedhof, nee, mein Lieber, wenn Sie gegen mich intrigieren, dann werde ich auch mal 'ne kleine Eingabe machen betreffend Bienenkörbe auf einem Friedhof – au, au, da geht es wieder los, meine Zahnschmerzen, ich hab' solche Zahnschmerzen, und dann quälen Sie mich noch.«

»Sie quälen sich ja selber«, sagte still der Großvater.

»Papa, nun solltest du aber wirklich mal zum Zahnarzt gehen«, sagte Alberto, »er hat nämlich solche Angst davor.«

»Ich Angst. Das wird ja immer besser. Das soll ich mir von meinem eigenen Sohn gefallen lassen? Nee, ich geh' weg, mach du das man hier mit den Dingern allein in Ordnung, pfui Teufel, nee – au, das ist ja nicht zum Aushalten.« Und die Hand an der Backe, schwankte Herr Rodani zwischen den Gräbern dahin, durch die schwer drückende Luft, in den Büschen rumorte der Wind, und die schlappen Blumen hauchten schwülen Duft.

»Das ist auch nicht zum Aushalten«, sagte Alberto, »und – ich werde gehen.« Und dann stand er verlegen vor dem Großvater und ließ den Krauskopf hängen und kratzte mit dem Fuß auf der Erde: »Ja, heute abend fahr' ich mit der ›Tosca‹, es ist schon alles in Ordnung, ich kneif' heimlich aus, und ich möchte Sie bitten, ich kann's ihr nicht sagen – sie würde ja so furchtbar wütend werden – bitte sagen Sie es ihr – heute abend, wenn ich weg bin.«

»Ach Gott, Dora«, sagte der Großvater.

»Ja, das ist nicht nett von mir«, sagte Alberto, »aber ich möchte doch wieder zur See – nach Italien ...«

»TAG DICKIE«, SAGTE LEUTNANT CHARISIUS und wandte sich zu Unteroffizier Budde um: »Weiter machen, Budde, ich geh' mal 'n Augenblick zum Fluß runter.« Die Soldaten exerzierten weiter und schielten ihrem Leutnant nach, der zum Deich hinging mit Dickie und hinter der Böschung verschwand. Sie setzten sich unten am Fluß in die Schlänge neben einen Weidenstrauch. Und Leutnant Charisius schwieg lange, Dickie wagte nichts zu sagen, und er sah auf Leutnant Charisius' schöne schlanke magere Hände, die ineinandergeschlungen waren und sich drückten, daß es in den Gelenken knackte. Er bewunderte ihn im stillen, daß er selbst an diesem Tage, wo sie da noch so lag im Sarge, den Dienst nicht ausgesetzt hatte.

»Dickie«, sagte Leutnant Charisius, »ich muß dir was sagen. Ich werde nun weggehen, ich hab' mich für einen Transport nach Kamerun gemeldet. Im Oktober geht es los.«

»Leutnant Charisius – Sie wollen weggehen?« rief Dickie.

»Ja, ich mag nun nicht mehr hier sein, es hat sich entschieden. Schon vorher hatt' ich's satt – und nur noch sie hat mich gehalten, aber nun ist das Maß voll.«

»Nach Kamerun«, sagte Dickie.

»Ja, da ist doch vielleicht noch etwas für einen Mann zu tun. Diese Stadt hier, ich halte das nicht mehr aus. Nun sieh doch nur, wie das da liegt, so dumpf brütend, so muffig, und nichts passiert, und das schleicht so hin – diese Stille – nichts für einen Soldaten.« Dickie sah auf, sah über den eisengrauen Fluß zur Stadt. Da lag sie still, mit angehaltenem Atem, die Bäume dick und bewegungslos, die dunkelgrünen Zypressen des Ägidienfriedhofs am Fluß drohend in den weißlich glimmenden Himmel gereckt, und ein Dampfer, stumpf und schwarz und menschenleer, drängte schwer und schwarzqualmend vorüber, und hohl klang das Gehämmer aus der Werft und das Wagengerassel von der fernen Brücke. Und da auf einmal, da ertönte ein dumpfes Grollen, ein Donnerrollen von weither.

»Ja, ein Gewitter müßte losbrechen«, sagte Leutnant Charisius, »Blitze müßten flammen und die Häuser in Brand stecken, diese muffigen alten Häuser, ein Krieg müßte ausbrechen, wild und schrecklich und reinigend und mit seinem Eisenbesen all diesen vermotteten Plunder wegfegen, daß das Leben wieder frisch würde und bewegt und gesund.« Leutnant Charisius' sonst so stille, ernste, blaugraue Augen blitzten grell und stechend, aber dann wurde er wieder ruhiger: »Nee, es ist schon am besten, ich gehe, nun wo sie nicht mehr da ist, da hat es sich entschieden. Was soll ich noch warten? Das ist schon alles ganz richtig so für mich. Ach, das wäre ja auch nichts geworden. Ehe, Familie, wäre das denn gegangen? Nee, Dickie, das ist schon richtig, daß ich gehe.«

»Wir werden ihn schon noch finden, den gemeinen Kerl, den Schuft«, sagte Dickie.

»Nett von euch, Dickie, daß ihr das noch versucht, ihr seid brave Kerls, aber glaubst du, daß ihr da noch Ordnung schaffen könnt, da drüben? Vielleicht wird's ja mal anders, wenn ihr erst am Ruder seid, du und deine Freunde –«

»Bestimmt wird das anders, Leutnant Charisius. Wie ich Sie beneide – Kamerun, der Urwald, die Sonne, der Kampf mit den Negern, Tigern und Schlangen –«

»Stop, stop«, sagte Leutnant Charisius, »wär' schon viel, wenn's da 'ne Gelegenheit gibt, anständig zu sterben.«

NICHTS SCHÖNERES GAB ES FÜR CHRISTIAN Runge, als auf einem Friedhof spazierenzugehen und die Gräber zu betrachten und die Inschriften zu lesen und sich das Leben derer auszumalen, die da unten lagen, zergangen und vergessen. Am schönsten war es im milden Abendschein, wenn die Kreuze sanft leuchteten. Heute war es nicht ganz so stimmungsvoll, etwas Düsteres und Brauendes hatte sich eingeschlichen, und die Farben waren so stumpfgrau. Da hatte es Herr Runge doch für richtiger gehalten, seine Betrachtungen abzubrechen und noch ein wenig mit dem alten Friedhofsgärtner zu plaudern, der immer so nett zu erzählen wußte.

»Wissen Sie, für wen ich das Grab hier schaufle? Für Marie Olfers.« Und dann erzählte der Großvater von der Borkenhütte. »Ja, es ist gräßlich, erst Bankier Lüders und nun sie. Ja, Lüders, wissen Sie noch, der hatte sich aufgehängt, und vorher, stellen Sie sich das vor, so penibel und akkurat war er, hat er seine Stiefel ausgezogen und grade nebeneinandergestellt, genau, als wenn er zu Bett ginge. Ja, sie war eine Lehrerin, und eine französische Grammatik hat man bei ihr gefunden. Sie muß also in den Bürgerpark gegangen sein, um sich für den Unterricht vorzubereiten, aufgeschlagen hat das Buch auf der Bank in der Borkenhütte gelegen. Ja, und am andern Tag ist sie dann nicht mehr in der französischen Stunde erschienen, was das wohl für eine Aufregung bei den Kindern gegeben hat. Ja, und nun liegt sie aufgebahrt im Beerdigungsinstitut ›Pietät‹, und morgen dann liegt sie hier. Nein, man hat überhaupt keinen Anhaltspunkt, ihr Verlobter, wissen Sie, der Leutnant Charisius, der hat die Polizei ja so in Schwung gebracht, hat aber nichts genützt.«

Der Großvater legte die Schaufel über die Schulter, nun war er mit dem Grabe fertig, er schob sich den großen gelben Strohhut von der Stirn: »Finden Sie es nicht auch reichlich schwül? Das gibt sicher noch 'n Gewitter. Hat ja auch schon einmal gedonnert. Und dabei sind die Kinder auf dem Werder mit dem Drachen. Machen Sie man, daß Sie nach Hause kommen, sonst kriegen Sie noch was ab.« Und dann ging er zu dem Geräteschuppen, der in Bäumen und Büschen versteckt an der Friedhofsmauer lag.

Christian Runge schaute ihm bewundernd und befriedigt nach. Nein, diese alten Leute, die wußten oft glänzend zu erzählen. Immer hielten sie sich ans Detail, wurden nie verschwommen und allgemein. Die französische Grammatik, großartig. Und er holte sein Notizbuch raus und machte sich einige Notizen: Borkenhütte – Bankier Lüders – Stiefel ausgezogen – Marie Olfers, französische Grammatik – Beerdigungsinstitut ›Pietät‹ – Leutnant Charisius.

»UND DU FÄHRST BESTIMMT NICHT MIT der ›Tosca‹ weg«, sagte Dora und unterbrach ihr Aufwaschen und schaute prüfend in Albertos Augen. Alberto hatte die Arme auf die Fensterbank gestützt und sah sie dunkel an. »Nein, bestimmt nicht.«

»Oh, es wäre zu gemein, wenn du es doch tust.«

»Ich bleib' doch da«, sagte Alberto und sah noch einmal ganz genau in Doras weiches gutes Gesicht. »Jetzt muß ich aber weg.«

»Aber du kommst heute abend?«

»Ja, ja, ich komme.«

»Um halb neun am Schuppen.«

»Um halb neun.«

FRAU HOLLMANN STAND IN DER KÜCHENtür, groß und schwarz und blaß und mit zornigem Gesicht. Die Großmutter war grade dabei, mit Lina Himbeermarmelade einzumachen, und süß duftete es in der dunklen Küche und durch das ganze Haus. »Wo hast du das Zeug hingetan?« fragte Frau Hollmann. Die Großmutter hatte eine blaue Schürze um und sie hatte gerade ein Weckglas gefüllt mit Himbeeren und drückte nun den Deckel zu und stellte es zu den übrigen auf den Tisch. Lina blickte ängstlich vom Herd aus zu Frau Hollmann hinüber. Was macht die für ein Gesicht, nun ging der Krach los. Warum muß sie ihr auch das Zeug wegnehmen? »Wo hast du das Zeug hingetan?« Die Großmutter nahm den Deckel von dem Kochtopf und beugte ihren Kopf mit der großen Adlernase finster darüber: »Das sag' ich nicht, das kriegst du auch nicht wieder.« »Das wollen wir mal sehen«, sagte Frau Hollmann. »Lina, wissen Sie, wo meine Mutter das Zeug hingetan hat?« »Nein, nein«, sagte Lina. »Lügen Sie doch nicht«, sagte Frau Hollmann, und dann ging sie zum Küchenschrank und holte den Schlüsselkorb heraus. »Da ist er doch nicht dabei«, sagte die Großmutter, »nun sei doch vernünftig.« – »Das werden wir ja sehen«, sagte Frau Hollmann und verschwand mit dem Schlüsselkorb, und sie hörten sie im Hause hin und her gehen, von Zimmer zu Zimmer, treppauf und treppab, bis in den Keller, und sie hörten, wie die Schlüssel klirrten und wie Frau Hollmann dabei dumpf vor sich hinmurmelte und schimpfte.

Die Großmutter füllte indessen mit starrer Miene ein neues Weckglas mit Himbeeren voll und machte den Deckel fest. Lina blickte beklommen in den Garten, wo die Büsche und

Bäume so fahl und drohend dastanden, glanzlos und tot. Oh, es war schrecklich in diesem Haus, alles so düster und schwer und ohne Freude, die Frau, die immer an ihren toten Mann dachte und tagtäglich vor dem offenen Schrank stand und auf die Kleider des Toten starrte und auf die Photographie, die sie sich auf der Innenseite der Schranktür festgemacht hatte, und die alte Großmutter, so hart und streng mit ihrem eigensinnigen Kopf, und der kleine verängstigte Martin. Nein, lange bleibe ich nicht mehr hier, dann such' ich mir 'ne andre Stelle.

Und dann kam Frau Hollmann wieder herein. »Wo ist der Schlüssel zu der Truhe auf dem Boden?« – »Weiß ich nicht.« – »Gib mir sofort den Schlüssel.« – »Hab' ich nicht.« – »Lina, wo ist der Schlüssel?« – »Ich weiß es nicht, Frau Hollmann«, rief Lina verzweifelt und dann wandte sie sich an die Großmutter: »Geben Sie doch Frau Hollmann den Schlüssel.« Die Großmutter glubschte Lina wütend an: »Sie sind auch zu dumm. Den Schlüssel kriegst du nicht. Ich will das nicht mehr. Das Zeug eines Toten. Du sollst zur Vernunft kommen. Ich will dich schon kurieren.« Und dann sagte sie etwas weicher und beschwörend: »Luise, laß doch mal endlich dies ewige Grübeln sein. Davon wirst du ja ganz meschugge.« – »Also du willst den Schlüssel nicht herausrücken?« – »Nein«, sagte die Großmutter. »Schön«, sagte Frau Hollmann und blickte flackrig mit ihren schwarzen Augen in der Küche umher. Dann sah sie das Beil und ergriff es und ging damit fort. »Was willst du?« – »Aufschließen«, sagte Frau Hollmann. »Da hab' ich ja einen schönen Schlüssel.« Und dann hörten sie sie die Treppe raufsteigen zum Boden, und die Axt krachte auf das Holz, und dann kam Frau Hollmann nach einer Zeit wieder die Treppe runter, Lina und die Großmutter traten zur Tür und sahen, daß Frau Hollmann einen großen Packen Zeug runter trug, Anzüge überm Arm und den gelben Strohhut in der Hand und den Spazierstock mit dem Silberknopf, und sie ging in ihre Kammer mit dem Zeug, und sie hörten die Schranktür knarren.

Die Großmutter nahm ein Weckglas und ging zu dem großen Topf an den Herd und füllte das Glas mit Himbeerbrei voll, aber ihre alte Hand zitterte und ein paar zerkochte Früchte klatschten auf den Boden. Süß und dumpf und schwer roch es in der Küche, ganz aus der Ferne rollte wieder der Donner.

AN DER ECKE ROSENKRANZ- UND PALMENstraße blieb Herr Metzler stehen, er hatte seinen schwarzen Hut auf, und sein dickes Gesicht war totenblaß. Lange stand er da und sah die Palmenstraße hinunter. So ungefähr zehn Häuser von ihm entfernt lag das Beerdigungsinstitut ›Pietät‹. Ein großes weißes Schild ragte heraus über den Vorgarten und darauf stand es: ›Beerdigungsinstitut Pietät‹. Herr Metzler blickte auf dies Schild und rührte sich nicht, und dann setzte er sich auf einmal in Bewegung, ganz steif und automatisch und traumwandlerisch, gehemmt und gedrängt, ging die Palmenstraße hinunter und stand vor dem Haus mit dem weißen Schild und der schwarzen Urne im Schaufenster. Leer war die Straße und tot, und blechern klirrte Klaviergeklimper aus irgendeinem Haus. Die Tür stand offen und führte in einen dämmrigen Korridor. Und Herr Metzler trat in die Tür und ging in den Korridor. Viele Türen gingen von dem Korridor ab, und hinter diesen Türen waren die kleinen Stuben, in denen die Toten aufgebahrt lagen. Und an einigen Türen waren Karten angeheftet, die den Namen des Toten angaben, der hinter der Tür lag.

Das Beerdigungsinstitut ›Pietät‹ wurde von Herrn und Frau Steenken geleitet, aber die waren im Augenblick nicht zu Hause, es war überhaupt niemand zu Hause außer dem kleinen Hans Steenken, und die Eltern hatten ihm aufgetragen, aufzupassen, wer unten ins Haus kommt, und den Leuten behilflich zu sein. Das hatte Hans Steenken schon oft getan, und er hatte keine Angst, und es war ihm alles so selbstverständlich und vertraut. Er saß in der ersten Etage am offenen Fenster und machte seine Schularbeiten fertig, da sah er den Mann vor dem Vorgarten stehen mit dem schwarzen Anzug und dem steifen Hut, und auch das verwunderte ihn nicht, denn alle Leute, die in dieses Haus kamen, waren schwarz gekleidet, aber das Gesicht, das der Mann machte, das verwunderte ihn doch ein wenig. Und dann sah er den Mann ins Haus gehen, und er stand auf, stieg die Treppe runter, beugte sich übers Geländer, und da sah er, wie der Mann vor einer der Türen stand und hineinlauschte in das Zimmer dahinter, und dann öffnete er die Tür ganz langsam, schob erst den Kopf vor und trat dann in das Zimmer. Leise ging Hans Steenken bis vor die Tür: ›Marie Olfers‹, stand auf dem weißen Schild an der Tür, und Hans Steenken konnte es nicht lassen, er mußte mal etwas die kleine schwarze Gardine hochheben, die vor dem ovalen Guckloch in der

Tür hing, und da sah er den Mann stehen am Fuß des Sarges, den steifen Hut hatte er abgenommen, und sah von unten her brütend auf die Tote in dem Sarge, aber man konnte durch das Guckloch nur die Füße der Toten sehen, in schwarzen Strümpfen traten sie aus dem weißen Hemde heraus, und Kränze waren an das Fußende des Sarges angelehnt, und das kalte elektrische Licht schien über die Kränze und die Füße in den schwarzen Strümpfen und den dicken brütenden Mann und den Lorbeerbaum hin, der an der kahlen Wand stand. Und da fühlte Hans Steenken plötzlich einen warmen Hauch im Nacken und drehte sich rum, da stand Henry Olfers vor ihm, der Bruder der Toten, käsebleich, im blauen Konfirmationsanzug, und sagte: »Was guckst du da?« Und hatte ein böses vorwurfsvolles Gesicht und guckte schon selber durch die Glasscheibe und sah, wie der Mann seine Hand gehoben hatte und mit der Toten sprach, ihr etwas erklären wollte, drohte, sich mit der Hand zittrig über die Augen fuhr. »Wer ist das?« sagte Henry. »Weiß ich doch nicht«, sagte Hans Steenken. »Mußt du doch wissen. Dachte, es sei ein Verwandter oder Bekannter.« »Nee, nee, kenn' ich nicht.«

Und dann sah Henry wieder durch die Scheibe, und Hans Steenken sagte: »Kam auch so ängstlich und vorsichtig reingeschlichen, hat erst zugesehen, ob auch jemand drin war.« – »Laß mal«, sagte Henry, »benimmt sich ja zu sonderbar. Du, komm mal her, können wir uns hier irgendwo so lange verstecken, bis er weg ist? Wir müssen ihn aber im Auge behalten, und er darf es nicht merken.«

»Wer ist das denn, was meinst du?«

»Komm erst mal her. Wo können wir hingehen?«

»Komm, wir gehen nach vorne ins Kontor.«

»MENSCH, DAS IST ER BESTIMMT, SEIN Strohhaar, sein blauer Sweater, seine braune Hose«, sagte Jonny Stegmann, der neben Martin auf dem Holzsteg saß, »das mußt du unbedingt machen, wenn du Drachen-Emil kaputt haust, dann hast du 'ne große Nummer bei ihm. Sieh dir bloß an, wie das Aas sich da durch die Wiesen schlängelt.« Drachen-Emil sprang in einen Graben, der gar nicht mehr so weit von den beiden Mädchen mit dem Drachen entfernt lag, und Martin sah seinen gelben Strohkopf etwas über die Böschung ragen.

»Jetzt renn man schnell los«, drängte Jonny, »eh' es zu spät ist und die andern von der Bande und vor allem Pips da vorne an der Planke etwas merken. Also los.«

»Ja«, hauchte Martin, »meinst du wirklich?«

»Los, Mensch.«

»Ja, ich will's versuchen.« Und Martin, ganz flau in den Gliedern, klopfenden Herzens und fast besinnungslos, lief zum Eingang der Badeanstalt, lief in die Wiesen raus, mager und verzweifelt und ingrimmig, ja, das mußte ihm doch imponieren, das mußte doch auf Dickie Eindruck machen, er hätte weinen mögen, hatte nur die Badehose an und lief hier draußen rum, auf die beiden Mädchen zu, die da im Grase lagen, die Drachenschnur in der Hand. Gott, Drachen-Emil durfte ihn ja nicht sehen, er lief in eine Senkung, lief da gebückt weiter, ratschte seine Füße und Beine an Steinen und Sträuchern blutig.

Jonny tippte Pips leicht auf den Podex. »Laß mal«, sagte Pips, »ich hab' da eben so 'n verdächtiges Etwas gesehen.«

»Ja, ja, ist auch nicht wichtig«, sagte Jonny, »es ist nur wegen 'ner Guatemala. Du sagtest doch neulich, daß du gern eine haben wolltest. Ich möchte sie wohl tauschen.«

»Guatemala? Hast du eine?«

»Mein Alter hat heute zufällig einen Brief

gekriegt. Kommt nicht oft vor. Aber laß man, ich kann ja auch mal Hinni Wohlers fragen.«

»Nee, bleib doch mal da.«

»Willst du nicht lieber auf Drachen-Emil aufpassen?«

»Na, in dieser Sekunde wird er ja wohl nicht gerade kommen. Und überhaupt Dickie mit seinem Drachen-Emil, dies Getue.«

»Man kann nie wissen«, sagte Jonny.

»Ach was«, und Pips stieg von der Planke runter. »Zeig mal die Guatemala – au Backe, die ist schick.«

HERR TIMMERMANN STAND IN DEM MUFFIG nach Holz riechenden Restaurationsraum hinter der Theke, weit über die Zeitung gebeugt, die er groß auf der Theke auseinandergebreitet hatte, und er las grade: »Neues über den rätselhaften Mord in der Borkenhütte. Gestern hat ein Spaziergänger zufällig im Grase dicht vor der Borkenhütte die hier abgebildete goldene Herrenuhr gefunden. Es besteht nun stark der Verdacht, daß der Mörder der Marie Olfers sie am Tatort verloren hat. Es handelt sich um eine dicke goldene Herrenuhr von etwas altmodischer Form und Machart, das Zifferblatt mit blauen Blumen geschmückt, höchstwahrscheinlich ein Erbstück, und auf dem Ruckendeckel ist das Monogramm A. M. in zwei ineinander verschlungenen lateinischen Buchstaben eingraviert. Der Besitzer der Uhr oder wer den Besitzer kennt, hat sich sofort auf der Polizei zu melden.«

Da trat dröhnend Gendarm Fritze in die Holzbude: »Tag, Timmermann, 'n Bier und 'n Köhm; Kinder, ist das 'ne schwüle Luft«, und schmatzend trank er das Glas Bier in einem Zuge leer und ruck den Köhm hinterher und wischte sich den Schaum von dem Schnauzbart und stützte sich gemütlich auf die Theke.

»Nun glauben sie natürlich, sie hätten ihn schon«, sagte Herr Timmermann und zeigte auf die Zeitung und schüttelte mißbilligend den Kopf.

»Ja, damit sind wir wohl 'n Schritt weiter«, sagte Gendarm Fritze, »nun wird's wohl nicht mehr lange dauern«, und strich so stolz seinen Bart hoch, als habe er selber die Uhr gefunden.

»Als wenn da nicht irgendein harmloser Spaziergänger seine Uhr verloren haben könnte, da kommt denn so 'n Liebespaar an, und bei der Borkenhütte da ist denn plötzlich so 'ne Knutscherei, und schwupp liegt die Uhr im Grase.«

»Ja, ja, Sie sind mir 'n Detektiv«, schmunzelte

Gendarm Fritze nachsichtig. »Haben's wohl selber mal bei der Borkenhütte so getrieben, was? Nee, schenken Sie mir man lieber noch mal 'n Köhm und ein Bier ein, davon verstehen Sie mehr, Herr Timmermann.«

»Den Drachen-Abschneider schon gefaßt?« fragte Herr Timmermann.

»Nee, noch nicht«, sagte Gendarm Fritze und blickte gleichmütig durch die Tür zum Strand hin.

»Dauert aber 'n bißchen lange, man kann das ja als Laie gar nicht verstehen, wie ...«

»Herrgott«, brauste Gendarm Fritze auf, »der Bursche ist ja auch zu gerissen, das muß ja ein kleiner Satan sein.«

»JETZT KOMMT ER, JETZT KOMMT ER«, fieberte Martin, hinter einem Busch auf der Lauer liegend. Aber Drachen-Emil rührte sich noch immer nicht, nur sein gelbes Strohhaar guckte ein wenig über den Graben hervor. Ob er gemerkt hatte, daß Martin ihn beobachtete? Ahnungslos waren die Mädchen mit ihrem Drachen beschäftigt.

Der ganze Himmel hatte sich nun mit einer weißlich-grauen Schicht überzogen, und die dunkeldrohende Wolkenwand, die am Rande des Werders, hinterm Deich, hinter Bäumen und hingeduckten Bauernhäusern aufgestiegen war, sie hatte sich immer weiter über den Himmel geschoben und ihn fast bis zur Hälfte bedeckt. Die Windstöße und Böen nahmen immer mehr zu und wurden härter und brutaler und fegten in die Bäume, die den Bauernhof da hinten umdrängten, und wühlten in den Weidenbüschen und fuhren auf Lach-Wein-Gesicht los, so daß er immer aufgeregter und ratloser da oben hin und her kreiste und seinen Schwanz in Zuckungen tanzen ließ. Und Anni sagte: »Du, nun wollen wir ihn aber schnell runterholen, jetzt geht es bestimmt los, guck doch mal, wie dunkel es auf einmal geworden ist. Wir sind ja auch die einzigen, die hier noch ’n Drachen steigen lassen.« – »Ja, ist wohl besser, wir holen ihn ein«, sagte auch Meta. Aber da kroch auch schon Drachen-Emil aus seinem Versteck hervor, platt auf dem Boden pirschte er sich von hinten immer näher an die Mädchen heran, Martin konnte nun seinen gelben Strohkopf mit den Sommersprossen um die freche Nase und den grellen kleinen blauen Augen unter langen roten Wimpern deutlich erkennen, und seine braune Samthose und seinen blauen Sweater, wie ein Frosch strampelte er, und in der einen Hand hatte er ein kleines Taschenmesser, damit wollte er wohl die Drachenschnur durchschneiden, das war ja klar. –

Warte, Bursche, dich wollen wir kriegen, dachte Martin und schoß aus dem Graben und mit Gebrüll auf Drachen-Emil los. »Achtung, Drachen-Emil kommt ran, nehmt euch in acht, will die Drachenschnur durchschneiden, weg da, bloß weg«, und warf sich schon auf Drachen-Emils Rücken, fühlte den blauen Sweater am nackten Leibe kratzen, roch das widerliche Strohhaar, preßte Drachen-Emils Arme auf den Boden, Drachen-Emil zischte und quäkte und lachte grell auf, und er hatte Kräfte, war ein harter knochiger Bursche und warf Martin mit einem Stoß vom Rücken weg und knall auf ihn, und fuchtelte mit dem kleinen Messer vor Martins Gesicht und ratschte ihn an der Backe, daß er blutete. Meta schrie auf, und während Drachen-Emil eine Sekunde zu ihr rüberguckte, höhnisch triumphierend, biß Martin ihn in die Hand, Drachen-Emil ließ das Messer fallen, Anni riß es unter ihm weg, und Martin und Drachen-Emil verknäulten sich von neuem und kugelten über die Wiese. Und Martin rief: »Lauft doch weg, will euern Drachen kaputtmachen«, und da begannen die Mädchen zu laufen, Lach-

Wein-Gesicht taumelte da oben und schüttelte heftig seinen Kopf über all den Irrsinn, und die Mädchen liefen und schrien: »Hilfe! Hilfe! Er macht ihn tot. Hilfe!«

Das hörte auch ein Junge von der Bande, nicht der kleine Pips, die Spitznase, der es eigentlich hätte hören sollen, der lag aber neben der Planke mit Jonny im Sande und klöhnte so 'n bißchen, die Guatemala-Marke in der Hand, sondern Didi Kugler, er stand gerade auf dem höchsten Sprungbrett und wollte ins Wasser springen. »Drachen-Emil ist da«, rief er, »Drachen-Emil ist da.« Die meisten Jungens von der Bande waren grade im Wasser, der Wind hatte den Fluß aufgewühlt, und es war herrlich, gegen die weißköpfigen Wellen anzuschwimmen, prustend und weit ausgreifend mit den Armen schwammen sie zum Strand, Jonny und Pips sprangen auf, »Drachen-Emil ist da«, und im Nu waren sie alle zusammen, nur Dickie ist nicht da, Schweinerei, du Pips zu ihm hin, hast du denn geschlafen, und dann kletterten sie alle über die Planke, rasten über den Werder. Und Herr Timmermann trat in die Tür und sagte zu Gendarm Fritze: »Diese Lausebengels, immer klettern sie über die Planke und laufen so nackicht auf dem Werder rum«, und Gendarm Fritze ging mit großen Schritten fort: »Das ist ja – da wollen wir doch mal gleich – der Donner auch.«

Ruhig ins Gespräch vertieft, traten Leutnant Charisius und Dickie wieder aus der Schlänge hervor auf den Deich. Kamerun, summte es dunkel in Dickie, Kamerun, da geht er nun hin, o wenn ich doch mit ihm ziehen könnte als sein Soldat, Kamerun, Kamerun, da ist der Urwald, da ist das Leben. Da hörte Dickie in der Ferne das Geschrei der Bande und sah die Mädchen über den Werder rasen und Lach-Wein-Gesicht durch den dunklen Himmel taumeln und Drachen-Emil verknäult mit Martin, und da kam auch schon Pips angesprungen: »Drachen-Emil – hin.«

»Drachen-Emil ist da«, rief Dickie, »ich muß hin, entschuldigen Sie, Leutnant Charisius, mit wem prügelt er sich denn da?«

»Der Hollmann ist das, du weißt doch«, sagte Pips.

»Wer ist Drachen-Emil«, fragte Leutnant Charisius.

»Erzähl' ich Ihnen später, entschuldigen Sie. Tjöh, Leutnant Charisius.« Kurzer, straffer militärischer Gruß, und auch Dickie peeste mit Pips zu der Prügelei. Als Dickie ankam, hatten die Jungens von der Bande die Kämpfenden bereits getrennt, sie hielten Drachen-Emil an beiden Armen fest in der Klammer, und Drachen-Emil trat aus und spuckte und lachte höhnisch und schoß giftige Blicke auf Martin. Der stand still vor ihm, zerkratzt und zerbissen und über die Backe blutend, aber das fühlte Martin gar nicht, das kümmerte ihn ja gar nicht, er sah mit glänzenden Augen zu Dickie rüber: na, was sagst du nun, bin ich so 'n Waschlappen?

»Er allein hat Drachen-Emil gefaßt, als er den Mädchen die Schnur durchschneiden wollte. Hier ist das Messer«, sagte Jonny.

»Und er hat ihn festgehalten«, sagte Didi Kugler.

»Und er hat ihn sogar unter sich gekriegt«, sagte Hinni Wohlers.

Dickie, der große starke Dickie mit den breiten Schultern und dem Eisenschädel, der große Achilles, trat hin vor den kleinen schmächtigen Martin und legte ihm die Hand auf die Schulter: »Famos, Hollmann«, aber dann drehte er sich zu Jonny um: »Hast du ihm natürlich gesagt.« Und Anni und Meta traten nun auch etwas näher heran und beobachteten die Szene, fest hatte Meta die Drachenschnur in der Hand, und Lach-Wein-Gesicht zog mächtig da oben. »Alles um Lach-Wein-Gesicht«, tuschelte ihr Anni zu, »wahnsinnig aufregend, nicht?«

Da ertönte Gendarm Fritzes bullerige Stimme: »Aufschreiben werd' ich euch alle, ihr Bande, daß ihr hier so nackicht rumlauft. Was sind das für Sitten. Nee, das wollen wir nicht einführen.«

»Nichts von Aufschreiben«, sagte Dickie, »können uns dankbar sein, daß wir Drachen-Emil geschnappt haben auf frischer Tat. Hier ist das Messer, mit dem er den Mädchen da die Drachenschnur durchschneiden wollte.«

»Also du bist der Halunke, der hier die ganze Gegend unsicher macht. Na, denn komm mal her, mein Freundchen, denn woll'n wir mal zu deinen Eltern gehen und mal 'n ernstes Wörtchen mit ihnen reden.« Er packte Drachen-Emil fest am Arm. »Wo wohnst du denn?«

»Das sag' ich nicht«, sagte Drachen-Emil borstig und mit starren Augen.

»Na, das kriegen wir schon raus, komm mal mit. Warum machst du denn eigentlich so 'n Unsinn?«

»Sie sollen nicht in der Luft fliegen«, sagte Drachen-Emil nörgelig, »die mach' ich tot.«

»So«, sagte Gendarm Fritze und lachte gemütlich, »die Drachen sollen nicht in der Luft fliegen, warum denn nicht?«

Und da guckte Drachen-Emil auf einmal geheimnisvoll zu Gendarm Fritze auf, reckte den

Kopf hoch, um ihm was mitzuteilen, und da beugte sich Gendarm Fritze runter, und Drachen-Emil flüsterte triumphierend: »Komm, wir gehen in den Schuppen, da zeig' ich dir all die toten Drachen«, und dann knickerte er vor sich hin: »Die können nun alle nicht mehr jappen.«

»Na, denn woll'n wir mal zum Schuppen gehn. Also Jungens, marsch, zu Timmermann zurück, und wenn ich euch hier noch einmal treffe ...«

»Können uns doch dankbar sein, daß wir Ihnen die Arbeit abnehmen.«

»Will ich gar nicht, gefällt mir gar nicht, wäre meine Sache gewesen, den kleinen Satan zu fassen.«

»Tja, das läßt sich nun nicht ändern«, sagte Dickie, »wieder mal zu spät gekommen.«

»Nur nicht unverschämt werden«, sagte Gendarm Fritze, und dann schob er mit Drachen-Emil ab.

Und wieder blitzte es am Horizont, und der Donner rollte nach, und der Wind riß an den Weiden. Nun aber schnell zu Timmermann zurück. Und Meta spulte hastig die Drachenschnur auf, und Anni half ihr das Band einziehen: »Gott, wir kommen ja nicht vorm Regen nach Haus.«

»Hollmann«, sagte Dickie, während sie zu Timmermann gingen, »hab's mir überlegt, will's doch mal mit dir versuchen.«

»Ja«, schluckte Martin.

»Natürlich nur probeweise.«

»Klar doch«, hauchte Martin.

»Weiß ganz genau, daß das 'n abgekartetes Spiel war«, sagte Dickie und sah Jonny an. »Aber immerhin. Alle Achtung.«

»Au, der Blitz«, rief Jonny. Und es donnerte schon stärker und näher.

AUCH IN DAS DUNKEL DES WALLGRABENS flackte der Blitz bläulich hinein. Christian Runge begann seinen Schritt zu beschleunigen. Nun war er ja bald zu Haus. Er faßte an seinen Hut, den ihm ein Windstoß fast vom Kopf gerissen hätte. Es war ein dumpfes Rumoren und Gären hier unten am Wallgraben, ein schweres Wühlen des Windes in Büschen und Bäumen, ein Aufrauschen und wirres Schütteln der Blättermassen, und dann wieder hohle, lauernde Stille und fahles Schwefellicht und totes, stumpfes Wasser, und ein Wogen von graugrünen Schatten in Bäumen und Büschen, und die Mühle da oben auf dem Hügel, grauweiß und mit schwarzem Dach, wie stand sie dick und blöde da in dumpfem Schreck vor dem, was nun kommen sollte, und streckte ihre braunen Flügel starr über die Bäume weg in den schwarzen Himmel. Und wieder ein schwüles Ziehen des Windes und soviel Erwartung und unheimliches Kreisen, und in alles hinein der flatternde Blitzschein und das dunkle Pauken des Donners. Und Christian Runge fühlte in sich aufsteigen ein schwellendes Fluten und Drängen.

Und da, da sah er auf dem dunklen Wallgraben einen großen, dämmrigweiß schimmernden Schwan, der mit den mächtigen Flügeln schlug und flatterte und dicht übers Wasser hinflog und schrie. Und oben aus der Mühle trat ein Mädchen mit braunem Haar und weißer Bluse und blauem Rock, ein rundliches, derbes, weiches Mädchen, und sie ging den Hügel runter auf dem Rasen, angezogen wohl von dem schrillen Schreien des Schwans und mit großen runden Augen warm auf ihn blickend, ging zum Rande des Grabens, wo etwas Schilf stand, und beugte sich runter, und der Schwan schwamm hastig heran und legte seinen Kopf und Hals in ihren Schoß, drängte sich weich in ihren Schoß, und sie strich ihm sanft über das Gefieder, schloß die Augen –

Und Christian Runge war stehengeblieben und guckte auf das Mädchen und den Schwan und auf das Weiche und Schöne der Szene, dies Schmiegen und Kosen und Aneinanderdrängen in all dem gärenden Aufruhr. Und er versank tief in dem Bilde, und er merkte auch nicht, daß jemand hinter ihm hastig vorüberrannte, sah nur das Mädchen mit dem Schwan.

Es war aber Henry Olfers, der da an ihm vorbeiraste, unten am Wallgraben hin, und der zu seiner Schwester wollte, zu Trude Olfers, die schon seit langem in dem Johannesstift wohnen mußte, das da oben am Wallgraben lag.

UND SIE SASS JETZT AM FENSTER, AM offenen Fenster, bleich und mit einer hoch sich türmenden altertümlichen Frisur, und sah in den Garten und den Wall hinaus. Und da drüben auf der anderen Seite des Wallgrabens oben zwischen den Bäumen lag weiß das Stadttheater, und da probte wohl jemand in einem Zimmer, denn es dauerte nun nur noch wenige Tage, dann sollte das Stadttheater wieder geöffnet werden, dann war die Sommerpause vorüber, und so sang da jemand zum Klavier durchs offene Fenster: »Letzte Rose, wie blühst du einsam«, und wenn es still war, klang der Gesang klar zu Trude Olfers hinüber, aber dann kam Wind und riß ihn mit fort in sein Rauschen hinein. »Letzte Rose, wie blühst du einsam.«

Und in dem Garten des Johannesstiftes, im weißen Kittel, stand Dr. Junghans bei den Rosen und schnitt schnell noch einen Strauß ab, ehe der Regen kam und sie alle zerschlug, und neben ihm stand Schwester Lucie und sah auf seine kräftigen, geschickten Hände und summte: »Letzte Rose.« – »Gott sei Dank, nicht die letzte, oh, es ist so ein Reichtum, solche Fülle dies Jahr, und es kommen noch viele wieder.« – »Ja, ein schönes Jahr, ein schöner Sommer«, sagte Schwester Lucie und streckte sich und dehnte sich und legte die Arme hinter den Kopf und wiegte sich: »Letzte Rose«, und der Wind bauschte ihr Kleid. Und Dr. Junghans nahm eine besonders schöne Rose, eine blutrote volle, und fand eine kleine Nadel an Schwester Lucies weißer Schürze und steckte sie ihr vor die Brust. Aber da sah Schwester Lucie Trude Olfers am Fenster sitzen mit so umdüsterter Miene, und sie sagte leise: »Gott, die Olfers, da sitzt sie nun, das ist sicher gar nicht gut für sie, wenn dies Gewitter man erst vorüber wäre, das nimmt sie immer so schrecklich mit. Wissen Sie noch damals, als sie partout mit der Schere ...«

»Ja, man muß sie ablenken«, sagte Dr. Junghans, »vielleicht können Sie Fräulein Nolte dazu bringen, daß sie ihr jetzt etwas Gesellschaft leistet, die beiden spielen doch immer zusammen – hallo, Olfers, wo wollen Sie denn hin?« – »Zu meiner Schwester«, sagte Henry keuchend. »Jetzt, wo das Gewitter kommt und so gegen Abend ...« »Muß sie sprechen.« »Können Sie das nicht aufschieben?« »Nein, muß sie unbedingt sprechen.« – »Sie ist aber jetzt sicher in gar keiner guten Verfassung.« – »Nur einen Augenblick.« – »Aber vorsichtig.« – »Ja, ja«, und Henry Olfers war schon weg.

»Armer Junge«, sagte Dr. Junghans zu Schwester Lucie, »hat Pech mit seinen Schwestern, wenn ihm das man selber nicht zu Kopf steigt.«

»HENRY«, SAGTE TRUDE OLFERS, »KOMM doch mal her, nun hör doch bloß mal, wie sie da drüben singt: Letzte Rose, wie blühst du einsam.« – »Ja, ja, schön, Trude, aber laß doch mal.« – »Letzte Rose, wie blühst du einsam«, sang Trude, aber da verschlang ein rollender Donner den Gesang von drüben, »nun singt sie nicht mehr.«

»Trude, laß doch mal, ich muß dich was fragen. Weißt du, wer dieser Metzler ist, was Mariechen mit ihm hatte?« – »Metzler?« – »Ja, Metzler, wer ist das?« Trude guckte schwer vor sich hin auf die Fensterbank, und dann blitzte es wieder und donnerte, und der Wind blähte die Gardine. »Nun kommt es, nun kommt es«, sagte Trude, »oh, nun geht es gleich los, fühl's ja in allen Gliedern.« – »Wer war dieser Metzler, Trude?« – »Sie war doch mit ihm auf dem Konservatorium damals in Leipzig – o herrlich, wie der Wind in die Bäume geht und sie biegt und schüttelt – es geht los, es geht los.« – »Ja, und später, was hatte sie denn mit ihm?« – »Mit wem?« – »Mit dem Metzler doch.« – »Ja, weißt du, erst war er doch so schlank und fein und still und wurde dann so dick und schwer, so muffig, und da mochte sie ihn nicht mehr, das muß man ja verstehen, und da war dann Leutnant Charisius, so vornehm und klug und sieht so gut aus und bleich ...« – »Ja, das war er, so dick und muffig, der Mann bei Steenkens«, murmelte Henry Olfers, und dann sagte er: »Du, ich hab' nämlich 'n Brief heute gefunden von dem Metzler an sie, wollte sie noch mal in der Borkenhütte sprechen.« – »Borkenhütte«, sagte Trude und faßte sich ans Herz. »Hier, lies doch mal.« Trude las den Brief, ihre Lippen bewegten sich, es wurde ihr wohl schwer zu lesen, zu verstehen, das sah Henry wohl, sie war ja schon so kribblig von dem Gewitter, so durcheinander, sah ihn dann auch ganz leer und abwesend an: »Ja, da wollte er sie noch mal sprechen, der arme Kerl, sie hat ihn ja auch schön getriezt.« – »Armer Kerl«, schrie Henry, »der ist es gewesen, der hat's getan.« – »Was getan?« – »Na, Trude, das Schreckliche.« – »Was denn?« – »Na, Trude, hör mal.« – »Was ist denn los? Was willst du denn? Was soll das alles? Oh, wie's nun donnert und rauscht, oh, nun geht der Regen los, wie das plastert in die Büsche.« – »Es ist ja alles klar«, rief Henry Olfers, »nun sehe ich ja alles: der dicke Mann bei Steenkens, der Brief, die Uhr, Monogramm A. M. – tjöh, Trude, ich muß weiter, nun ist ja alles klar, so ist es gewesen«, und Henry rannte aus dem Zimmer, und Trude rief: »Ja, es wird alles klar«, und stieß die Balkontür auf, die weißen Mullgardinen flogen zurück, und trat ans Geländer, und es wehte und blitzte und wühlte und donnerte, und der dicke Regen schlug ihr klatschwarm an die dünne Bluse und ins Gesicht und zertrümmerte ihre hohe Frisur, und die schwarzen Strähnen flatterten im Wind, und sie hob die Arme und atmete weit und tief, und dann sang sie vom Balkon in den Garten, in den Wall, in den wogenden Aufruhr hinunter: »Letzte Rose, wie blühst du einsam«, und dann lachte sie, »oh, nicht mehr einsam, nein, nicht mehr einsam …«

UND DAS GEWITTER RAUSCHTE ÜBER DIE Stadt dahin, über Stadt und Wiesen und Fluß. Die schweren hängenden Wolkenbäuche platzten, und der Regen strömte in die Gärten und auf die Dächer, und die Blitze umzuckten den Ägidienkirchturm, und die Blumen auf den Gräbern lagen zerquetscht an der Erde, und der Großvater stand am Fenster und schaute mit Sorgen auf sie hin. Und der Wind schüttelte die Segel auf dem Fluß und füllte sie prall und riß den Dampfern den Qualm vom Schornstein und fuhr in die Straßen, daß der Staub wirbelte, und schlug die offenen Fensterscheiben zu und das Glas klirrte. Schwül war es gewesen und dumpf und still in der Stadt, und traurig war das Leben geflossen, aber nun rauschte und knatterte das Gewitter, und es war ein Lachen und Schreien und Jubeln ausgebrochen in den Lüften und ein Pauken und Beckenschlagen, und Trude Olfers stand auf dem Balkon mit fliegendem Haar und sang und fühlte die große Vermischung, und der Schwan in dem Graben unter ihr auf dem wogenden dunklen Wasser hob sich weit aus der

Flut und schlug mit den Flügeln und reckte den Hals und schrie. Und die Jungens in Timmermanns Badeanstalt, Dickie Brent und seine Peliden, die sprangen kopfüber hoch vom Sprungbrett, und die Wellen tanzten und schäumten, und sie prusteten und kreischten und reckten die Arme, und Martin Hollmann saß still am Strande im Regen, blaß und müde, verbläut und zerkratzt, aber glücklich: er gehörte zur Bande.

Und die Kompanie des Leutnant Charisius marschierte auf dem Werder dahin, zurück zur Kaserne, stramm und mit hartem, regenverpeitschtem Gesicht, und grölte ein Marschlied, und Leutnant Charisius ging ein wenig hinterher. Laß es krachen, laß es donnern, recht so, recht, scharf muß der Blitz den Wolkensack zerschneiden. Und im Bürgerpark vor dem Schweizerhaus, wo die Leute so gemütlich auf der Wiese vorm Viktoriasee gesessen hatten, bei Kaffee und Kuchen, und Wöhlbiers Militärkapelle hatte gespielt in dem Pavillon, da war ein großer Tumult entstanden, die Leute drängten in die geschlossene Holzveranda des Schweizerhauses, und die Kellner hasteten zwischen den Tischen umher, rissen die Decken ab, trugen das Geschirr weg, und die Musiker sahen ruhig zu, geschützt durch das Pavillondach. Und Herr

Rodani aus Genua, Bildhauer von Grabmälern, der saß beim Zahnarzt mit einer schlimmen Wurzelentzündung, lag weit zurückgelehnt in dem weißen Eisenstuhl, und die Maschine dröhnte in seinem Kopf, und er wimmerte leise und sah mit seinen schwarzen Flackeraugen qualvoll in den flammenden Himmel. Und während er so dalag, packte zu Hause in der Kammer sein Sohn Alberto in aller Hast seine paar Siebensachen in ein Bündel zusammen und lief raus in den Regen, zum Hafen hin, wo die »Tosca« am Quai lag, rauchend und sich füllend mit den schweren Ballen und leis erzitternd in Abfahrtsunruhe. Und der Regen rauschte stramm und stark, und die Büsche und Bäume erfrischten sich, und die Erde dampfte gekühlt, und der Donner rollte weicher und ferner. Und Frau Hollmann stand noch immer in ihrer Kammer am Fenster, schaute in den Garten, und an der Scheibe liefen die dicken Tropfen runter, und hinter ihr der Schrank stand offen, da hingen die Kleider des Toten, und da zuckte es leise in ihr, und der Mund in dem blassen Gesicht zitterte, das Starre löste sich sanft, und Tränen, Tränen rannen ihr über die Backe.

Auch Meta, die kleine Meta, schluchzte leise in Herrn Timmermanns dämmrigem Restaurationsraum, weil der Regen nun doch noch Lach-Wein-Gesicht kaputt gemacht hatte. Drachen-Emils Zerstörungswut war er glücklich entgangen, nun hatte der Regen ihn noch ruiniert – verwischt, verspült die Farben des Gesichts und zerfetzt das Papier, so lag er auf dem Boden. Und Anni stand dabei und Herr Timmermann sagte: »Kinder, den könnt ihr doch neu machen.«

»Ach, Onkel Timmermann, so einen kriegen wir nicht wieder.«

UND CHRISTIAN RUNGE STAND IM HAUSflur und schüttelte den Regen vom Hut und vom Ärmel, und seine Schwester Minna, klein und schon etwas vertrocknet, mit lederner Haut und einem Hauch von Schnurrbart auf der Oberlippe, sah aus dem Zimmer: »Nun zieh dich man erst um.« – »Nein, laß mal«, sagte Christian Runge und ging in sein Arbeitszimmer mit den vielen Bücherregalen, die Fenster waren geschlossen und dumpfig die Luft, und Christian Runge öffnete ein wenig das Fenster, und Wind drang herein und frischer Blätterduft, und während draußen überm Wall das Gewitter verströmte, saß er am Schreibtisch und wühlte in fiebernder Hast Worte, Worte hin auf das Papier: »Als Leda im Wochenbett lag, im dammrigen Gemach, und in der Wiege neben ihr die Zwillinge Kastor und Pollux, da kam eines Tages ihre alte Amme und beugte sich tief über sie, und da hob sich Leda etwas aus den Kissen, noch blaß und matt und flüsterte ihr zu: ›O es sind ja gar nicht seine Kinder, Menandros weiß ja von nichts. O Amme, was war das für ein Sommer. Wie schwer hab' ich das alles verstanden, wieviel hab' ich auf einmal verstanden. Wenn ich in den Park ging, wie sanft leuchteten die Früchte aus dem Laub und sanken mir wie von selber in die Hand zum Genuß, wie rauschte es weich und wollustvoll in den Büschen, und die Pappeln rieselten und schauerten leise im Blau, und wie floß das Abendrot warm, und wenn ich durch das gelbe Kornfeld ging, was war das für ein Wogen, Rauschen und Raunen, und wie faßte mich Lust hinzusinken – hinein, und die schönen weichen Sommerwolken, die kosende Luft, die schwimmenden Schatten – und wenn das Mondlicht mild in den Park floß, dann ging ich zum Teich, dem stillen braunen, badete meinen Leib in dem kühlen Wasser, und mein Fleisch und das Wasser und die Teichrosen schimmerten weiß, und wenn ich dann an der dunklen Böschung saß unterm Weidenbaum, die Füße plätschernd in der Flut, dann näherte sich mir wohl ein großer Schwan und schmiegte sich an meine Knie und legte seinen Kopf in meine Hand. Und immer voller wurde der Sommer, und es war so eine Unruhe und so ein Ziehen in der Luft, und ich glaubte oft Musik zu hören, schwere, süße Harmonien, bitter zehrende, und es schmerzte mir der Kopf und die Glieder, und ich rannte in den Park raus, wußte gar nicht, was ich wollte, die Wolken drängten grau über die Baumwipfel, der Wind, der schwüle, riß mich hierhin und dorthin, und nachts in meiner Kammer konnte ich nicht schlafen, die Bäume brausten dunkel, und ich glaubte vorm Fenster Flügelschlagen zu hören von großen Vögeln, und lange, lockende, klagende Schreie –

Und dann kam ein Abend, gewitterdunkel und stürmisch, mit fahlem Licht und fliegenden Schatten, und ein Wühlen in den Bäumen, ein Seufzen und Verlechzen, und Wolken, hindrängenden, und drohendem Himmel, blauschwarz und grau, und alles ein Kreisen und Ineinanderfluten, und einen Augenblick Stille, einen Augenblick Atemanhalten, aber dann brach es erst los, klatschwarmer Regen, und der Wind stieß mein Fenster auf, ich sank hin auf die Knie, und da kam er, großflügelig rauschend über die Baumwipfel, grauweiß erschimmernd, von Blitzen umflammt: der Schwan, der Schwan –‹«

»FRÄULEIN OLFERS, WAS MACHEN SIE denn hier«, rief Schwester Lucie und rüttelte sie vorsichtig an der Schulter. Aber Trude rührte sich nicht. Sie war runtergerutscht an dem Geländer des Balkons, und nun lag sie angelehnt da, die Arme auf dem Geländer und den Kopf darauf, die feuchten Haarsträhnen fielen ihr über Stirn und Rücken, durchnäßt war die Bluse. »Was hat sie denn«, fragte Hanni Nolte, sie war fünfundzwanzig Jahre alt und trug dabei noch immer einen dicken Zopf mit einer großen weißen Schleife, sie war rundlich und lustig, aber jetzt stand sie nachdenklich da, einen großen Pappkarton unter dem Arm. »Fassen Sie mal mit an«, sagte Schwester Lucie, und sie zogen Trude Olfers hoch, sie öffnete ein wenig die Augen und ließ sich schlapp hängen und ließ sich willenlos ins Bett packen. »Trude, wir wollen doch ›Mensch, ärger dich nicht‹ spielen«, sagte Hanni Nolte. »Das geht doch nicht«, sagte Schwester Lucie und zog Trude Olfers das nasse Zeug aus und das Nachthemd an und legte ihr die Decke über, strich ihr über das schwarze Haar: »Schlafen Sie man weiter«, und Trude nickte mit geschlossenen Augen, stumm, war schon wieder eingeschlafen, todmüde, leer und bleich. »Alte Schlafmütze«, sagte Hanni Nolte und machte eine dicke Unterlippe, »ich will doch ›Mensch, ärger dich nicht‹ spielen.« – »Kommen Sie man«, sagte Schwester Lucie und schob sie sanft aus der Tür, und dann trat sie leise hinaus auf den Balkon.

Vorbei war das Gewitter, vorbei der Regen, es tropfte nur noch von den Bäumen, grauhell war der Himmel aufgelichtet, und in den Wallanlagen begann es schon zu dämmern. Ein Donner verrollte fern wie das Rollen auf einer Kegelbahn. Frisch war die Luft und roch nach Blättern und Gras und Blumen, leise stieg aus den Gärten, aus dem Rasen, aus dem Wallgraben Nebeldunst und umschleierte Schwäne, Büsche, Bäume, milde schwamm das erste Laternenlicht in der feuchten Atmosphäre, und vom Stadttheater her, das da oben, da drüben weißlich aus den Kastanien hervordämmerte, sang nun wieder eine Frauenstimme: »Titania ist herabgestiegen«, frisch und hell und leicht, klar wie der Stern, der da oben am dunklen Wolkenrand aufzitterte. Und Schwester Lucie atmete tief und lang und glücklich die gereinigte Luft ein, die Rose, die blutigrote, volle, die ihr Doktor Junghans heute abend geschenkt hatte, stak noch an ihrer Brust, alles war entschieden, alles klar, endlich hatte er gesprochen, der umständliche Mensch, das richtige Wort, und während der Regen still tropfte, die Atemzüge der Schlafenden ruhig-gleichmäßig aus dem dunklen Zimmer herüberschwebten, legte Schwester Lucie die Hand auf die Rose, die üppige, fleischige, drückte sie an die Brust, zerpreßte, zerwühlte sie zwischen den Fingern.

ES GAB EINEN SCHARFEN KLIRRENDEN Ton. Susi, das Aufwaschmädchen, sah, daß das Glas zersprungen war und wollte es schnell beiseite stellen, um es später wegzuwerfen, da trat schon Frau Metzler auf sie zu: »Susi, schon wieder ein Glas kaputt.«

»Stimmt gar nicht, der Sprung war schon.«

»Hab's ja gehört. Lange sehe ich das nicht mehr mit an. Wenn Sie nicht besser arbeiten, dann muß ich das Herrn Dirksen melden – so schlurig zu sein.«

Kopfschüttelnd wandte sich Frau Metzler ab, und Susi feixte hinter ihrem Rücken der Köchin zu und streckte die Zunge aus. Der Betrieb war etwas ruhiger geworden, das Gewitter hatte viele Gäste aus dem Schweizerhaus vertrieben, und manche waren auch sicherlich weggegangen, weil die Abendbrotzeit heranrückte. Frau Metzler trat zum Fenster, um zu sehen, was da noch los war. Die Kellner waren noch dabei, die Tische und Stühle abzutrocknen und die Decken wieder aufzulegen, und die Leute waren wieder aus der Veranda hervorgekommen und setzten sich zurück auf ihre Plätze. O die schöne Luft, was trinken wir denn nun? Und Wöhlbiers Kapelle spielte einen lustigen Polka, gemütlich hüpfend, und die weißen Lampenkugeln gingen an und glühten sanft im Kastaniengrün.

Willi, der alte Oberkellner, kam in die Küche. Er war klein und hatte lange Arme und schaukelte sie affenartig, und auch sein Gesicht war ein Affengesicht, die Haare in der Mitte pomadig gescheitelt, faltig und mit guten braunen Augen. Unterm Arm hatte er eine Zeitung eingeklemmt. »Ist aber ziemlich dunkel hier«, sagte er.

»Och, wenn wir uns hier die Augen verderben, das schad't ja nichts«, sagte die Köchin.

»Wenn Sie man sticheln können«, sagte Frau Metzler, »Susi, dreh mal das Licht an.« Susi ging zum Schalter, und das kalte, harte Licht beschien die weißen gekachelten Wände, die kahlen Tische, den großen Herd, die Töpfe, das Geschirr.

»Georg sitzt draußen«, sagte Willi.

»Was sagt er?«

»Habe nicht mit ihm geredet, saß so in Gedanken da.«

»Na, will mal eben zu ihm«, sagte Frau Metzler.

»Bäh«, machte ihr Susi nach.

»Sie sollten sich schämen«, sagte Willi und sah sie traurig an mit seinen Affenaugen.

»Och, ist ja auch wahr, dies ewige Meckern«, sagte Susi.

»Die soll sich man bloß nicht tun«, sagte die Köchin.

»Die Frau laßt man in Ruhe«, sagte Willi, »die ist in Ordnung, möchte wohl wissen, wie es hier aussähe, wenn die nicht ...«

»Oh, laß mal die Zeitung sehn«, sagte die Köchin und riß sie ihm schon unterm Arm weg.

»Da hat man's ja, kaum ist die Katze aus dem Zimmer, dann tanzen die Mäuse.«

»Katze, Katze, du hast ganz recht«, rief die Köchin und schwenkte die Zeitung und tanzte im Polkaschritt nach Wöhlbiers Musik durch die Küche hin.

»IST MIR GAR NICHT RECHT, DASS ICH jetzt so wenig abends zu Hause sein kann«, sagte Frau Metzler. »Ich muß mal 'n bißchen mehr aufpassen, daß du ordentlich was ißt. Du läßt ja in letzter Zeit alles stehen. Schmeckt dir das denn nicht?«

»Doch, ich eß' doch auch ganz gut«, sagte brummig Herr Metzler.

»Du ißt gar nichts. Gestern die schöne Leberwurst hast du überhaupt nicht angerührt, und die dicke Milch hast du auch stehen lassen, die ist nun schlecht. Im Fliegenschrank steht noch 'ne Dose Sardinen und 'n Stück Sülze, magst du das denn wenigstens? Oder soll ich dir mal was anderes besorgen?«

»Nee, laß man, das ist schon alles ganz gut so, das ist ja alles nicht wichtig.«

»Essen ist wohl wichtig. Fehlt dir denn was, mein Junge? Du hast doch irgend was?«

»Nun laß doch diese ewigen Fragereien, es geht mir ja ganz gut.«

»Was bist du für'n alter Muffpott geworden«, sagte Frau Metzler. »Ich versteh' das nicht: nun hast du die schöne Stellung und bist doch nicht zufrieden.« Sie stand neben dem Tisch, an dem ihr Sohn saß, vor ihm auf der rotweißkarierten Decke ein Bierglas, und der steife Hut lag neben ihm auf dem Stuhl, und weiß und rund schimmerte sein Gesicht im matten Lampenschein, und seine kleinen schwarzen Augen blickten stumpf über die Tische und Leute hin zum See. Milchiger Dunst schwamm über dem See, und ein paar Ruderboote mit Liebespärchen fuhren still durch den Dunst, und um den See herum standen stumm und schwarz die Bäume des Bürgerparks, und die Figuren, Najaden und Tritonen am Ufer verdämmerten matt in die Bäume hinein. Und da stand ein Mann aus Wöhlbiers Kapelle auf und stellte sich auf das Podium und sagte: »Ich spiele nun ein Potpourri aus der Operette ›Der Bettelstudent‹«, und dann hob er die Trompete an den Mund und begann zu blasen, er ganz allein, und die Trompete und die Litze an seinem Kragen glänzten golden aus dem Dämmer, und seine Uniform war tiefblau, und die Töne der Trompete waren scharf und langgezogen und durchschnitten die weiche Abendruhe, und dann ruckten die Töne eckighart, und dann kam er zu der Stelle und spielte klagend: »Ach, ich hab sie ja nur auf die Schulter geküßt«, und da summten viele Leute mit und pfiffen leise und wiegten sich. Und Herr Metzler lachte bitter auf: »Ach, ich hab' sie ja nur auf die Schulter geküßt, Gott o Gott.«

»Laß ihn man«, sagte Frau Metzler, »so schön wie mein Junge können eben nicht alle spielen«, und dann fiel ihr plötzlich Georgs Geburtstag ein und die neue Uhr, die sie ihm schenken wollte: »Sag' mal, Vaters Uhr hast du doch nicht wiedergefunden?«

»Nein, nein«, sagte Herr Metzler, »nun fängst du auch noch damit an. Die ist nun mal weg. Herrgott, ist das denn so schlimm?«

»Gar nicht schlimm, mein Junge, ich wollt's ja nur wissen. Nun reg dich doch bloß nicht so darüber auf.« Und sie klopfte ihn ermunternd auf die breite Schulter und schüttelte ihn leicht und legte ihren Kopf zärtlich an seinen: »Im Liegenlassen und Vergessen war er ja immer groß, mein kleiner zerstreuter Professor.«

Und die Trompete spielte, und der Dunst wallte, und über den dunklen Bäumen stieg rot und groß und vollgesogen mit dem Blut der Erde die Mondkugel auf.

DIE GROSSMUTTER KLOPFTE WIEDER AN Frau Hollmanns Kammertür: »Luise, nun hör doch mal«, aber drinnen regte sich nichts, »Luise, Martin ist noch immer nicht da.« Es blieb eine Weile noch still, aber dann wurde die Tür aufgeschlossen, und Frau Hollmann stand undeutlich, schattenhaft auf der Schwelle: »Martin? Wo ist er denn?« – »Er ist weggegangen zum Baden und ist noch immer nicht zurück.« – »Zum Baden? Müßte doch lange zurück sein.« – »Wenn dem Jungen man nichts passiert ist«, sagte die Großmutter, »nun ist doch das Gewitter gewesen.« – »Ich will doch auch gar nicht, daß er immer zu Timmermann geht«, sagte Frau Hollmann, »soll doch im Garten spielen.« – »Ja, wenn du nicht aufpaßt, wenn du nur deinen Kram da im Kopf hast, dann soll er wohl zu Timmermann laufen. Der Junge fühlt sich gar nicht mehr wohl zu Hause.« – »Aber er muß doch sicher gleich kommen«, sagte Frau Hollmann. Sie ging über den dunklen Flur in die vordere Stube und sah aus dem Fenster auf die Straße, machte das Fenster auf und lehnte sich raus. Leer war die Straße und dämmerig, und die Laternen glommen trübe im feuchten Dunst.

»Jetzt kann er doch nicht mehr beim Baden sein«, sagte Frau Hollmann.

»Ja, wo mag er wohl stecken«, sagte die Großmutter. »Es ist ja auch zu gräßlich, wie du den Jungen behandelst. Der soll wohl keine Lust mehr haben, nach Hause zu kommen.«

»Ich hab' ihm doch nichts getan«, sagte Frau Hollmann. »Gott, Martin, wo mag er wohl sein?«

JA, MARTIN, WO WAR MARTIN? EIN ALTES Schiffswrack lag im Dock auf Lührssens Werft am Fluß, ein alter abgetakelter Eisenkasten, lange Zeit lag er schon da, rostzerfressen die schwarzen Eisenplatten, die an der einen Seite schon halb abgenommen waren, und die Rippen traten hervor, die mennigrote Farbe am untern Teil des Rumpfes leuchtete nur noch matt, und verödet lag Lührssens Werft zu dieser Stunde da, die Arbeiter hatten längst Feierabend gemacht, aber was war das trotzdem für ein dumpfes, hohles Tönen von Stimmen aus dem Rumpf des Schiffes?

Es war Dickie Brent und seine Bande, da standen sie in dem Schiffsrumpf zwischen verrosteten Wänden im weiten Halbkreis um Dickie, und der kleine Martin stand vor Dickie, und Fackeln flackerten, von Jungens hochgehalten, flammten blutigrot über die Eisenwände, und Dickie sagte: »Peliden, ich hab's mir heute lange überlegt, ich finde es schofel, wenn wir Hollmann nicht sofort, nicht heute noch in unsere Bande aufnehmen, nachdem er sich so tadellos benommen hat. Und weil er alles so klug und überlegt angefaßt hat, bin ich dafür, ihm den Namen Odysseus zu geben. Seid ihr einverstanden?«

»Einverstanden, einverstanden. Hoch Odysseus.«

»Also auf zur Zeremonie. Jonny, gib mir das Messer. Pips, hol den Becher und gieß Wein ein. Martin, krempel deinen Ärmel hoch am rechten Arm.«

Pips, die kleine Spitznase, rannte in eine dunkle Ecke und holte hinter einer Rippe einen alten Eisenbecher, wie ihn die Ritter im Theater schwingen, und eine Flasche Rotwein (›Beaujolais‹ stand auf dem weißen Schild), beides hatte er zu Hause schon vor längerer Zeit entwendet, und goß den Becher voll mit dem Rotwein und trat zu Dickie und reichte ihm den Becher. Und Martin streifte den Ärmel von seinem mageren Arm.

»Nun sprich mir nach«, sagte Dickie:

»Ich schwöre, daß ich der Bande Treue halte bis in den Tod.«

»Ich schwöre, daß ich der Bande Treue halte bis in den Tod«, sagte Martin leise.

»Daß ich mutig bin.«

»Daß ich mutig bin.«

»Daß ich Lügen verachte.«

»Daß ich Lügen verachte.«

»Daß ich alle Philister hasse.«

»Daß ich alle Philister hasse.«

»Und sie mit Pech und Schwefel verfolgen werde.«

»Und sie mit Pech und Schwefel verfolgen werde.«

»Daß ich mich üben werde in allen Arten des Sports.«

»Daß ich mich üben werde in allen Arten des Sports.«

»Auf daß mein Leib stark und hart werde wie bei den Griechen.«

»Auf daß mein Leib stark und hart werde wie bei den Griechen.«

»Zum Zeichen, daß dies wahr ist und daß du aufgenommen bist in unsere Blutsbrüderschaft, werde ich dir nun, Martin Hollmann, einen Schnitt in den Arm machen, und du wirst dein Blut in den Becher fließen lassen, und wir werden alle davon trinken.« Damit schnitt Dickie fest in Martins Unterarm und hielt den Becher mit Wein unter die Wunde, und das Blut tropfte hinein.

Dazu aber erscholl dumpf der Chor der Bande:

Treue, Treue wolln wir halten
Unserm Bruder bis zum Tod,
Drum so muß im Becher mischen
Wein und Blut sich blutigrot.

Und Martin stand da im Fackelschein, bleich vor Anspannung, zitternd vor Erregung, und sah sein Blut fließen, hörte den dunklen Gesang, und dann sah er, wie Dickie zuerst aus dem Becher trank, und dann kreiste der Becher von Mund zu Mund, und eine Trommel aus dem Hintergrund wirbelte dumpf, und durch ein Loch in dem Schiffsrumpf sah er nach draußen auf den Strand, auf den dämmrigen Fluß, wo die Nebel zogen, und groß über Wiesen, überm Werder, auf der anderen Seite des Flusses, über Timmermanns ganz im Schatten versunkener Bretterbude, hob sich rot und rund und schwer aus all dem Rauch der Mond, und da war der Becher wieder in Dickies Hand, und er hielt ihn Martin hin: »Nun, kluger Odysseus, trink auch du.«

Und Martin nahm mit zitternder Hand den alten Becher und trank, und das schmeckte so stark nach Eisen und Blut und Wein, und er schwankte, es war wohl zu viel für ihn gewesen, was er an diesem Tag hatte durchmachen müssen an Erregung, Kummer und Freude, und schlug dumpf hin auf den stählernen Boden.

ALLMÄHLICH WAR ES DOCH ZU DUNKEL geworden in der Laube, und der Großvater sagte: »Dora, hol mal die Lampe«, und Dora ging rüber ins Haus, und dann kam sie wieder zurück mit der brennenden Petroleumlampe, und sie ging zwischen den Gräbern durch, und der gelbwarme Schein der Lampe fiel in ihr ernstes weiches Gesicht. Und die Blumen auf den Gräbern hauchten süßen sehnsuchtsvollen Duft, und der Dunst schwamm um die Lampe, und Dora dachte: Alberto – bald, und sie würden hinterm Schuppen stehen, und sie durfte ihm durch die Locken wühlen und seinen Kuß schmecken und fühlte schon seinen starken Arm um ihre Hüfte gelegt.

»Da seid ihr ja einer großen Gefahr entgangen«, sagte der Großvater. »Dieser Drachen-Emil, das muß ja ein kleines Scheusal sein.« – »Ja, ganz gelbes Haar hat er und Augen – huh, und schreien kann er«, sagte Meta. Sie saßen in der Laube, die der Wohnung schräg gegenüber lag an der Kirchhofsmauer. Dora stellte die Lampe auf den Gartentisch und sagte: »Nun eßt aber mal, Kinder, und redet nicht so viel.« – »Ja, seid mal etwas ruhig, wenn ihr so viel redet, könnt ihr nachher nicht schlafen«, sagte auch der Großvater, »seht doch mal, wie still und friedlich der

Mond da zwischen den Bäumen durchscheint.« Aber Meta und Anni sahen nur ganz flüchtig hin, sie waren noch zu aufgeregt von den Ereignissen des Tages und schwatzten immer noch weiter von Drachen-Emil und Martins Heldentat und dem Gewitter, und wie Lach-Wein-Gesicht im Regenprall kaputt gegangen war. Und das arme Lach-Wein-Gesicht, zerfetzt und verregnet, stand angelehnt am Eingang der Laube, und nur das weinende Auge mit blutigen Tränen war noch auf dem Papier zu erkennen. »Wenn er ein Mensch wäre, Opa«, sagte Anni und zeigte auf Lach-Wein-Gesicht, »dann müßte er doch jetzt auf deinem Kirchhof begraben werden, nicht? Denn er ist doch tot.« – »Das müßte er wohl«, sagte der Großvater, »und Pastor Gerdes würde eine feierliche Rede halten.« – »Oha«, sagte Meta und tuschelte Anni schnell was zu, und Anni kicherte und hopste auf ihrem Platz vor Vergnügen. »Na, na, nicht flüstern«, sagte Dora.

Die Mädchen hatten es nun auf einmal sehr eilig, ihr Butterbrot aufzuessen und die Milch auszutrinken. Und dann hielt sich Meta ziemlich offensichtlich die Hand vor den Mund und gähnte, und Anni gähnte auch, und da sagte der Großvater: »Also marsch in die Klappe«, und gleich sprangen sie auf, gaben dem Großvater flüchtig einen Kuß, nahmen das kaputte Lach-Wein-Gesicht – »Kinder, was wollt ihr denn jetzt noch mit dem Drachen« – und waren schon zwischen den Büschen verschwunden.

Der Großvater und Dora saßen nun still in der dicht umwachsenen Laube beim Schein der Petroleumlampe, sie aßen nicht mehr, sie blickten über die Gräber hin. Rötlich und sanft stand der Mond hinter den Baumkronen, und sein Licht floß nieder in den Friedhof, und die Kreuze und basaltenen Steine und weißen geborstenen Säulen und das Gitterwerk um die Gräber schimmerten auf. Da klang es dunkel und voll vom Kirchturm. »Halb neun«, sagte der Großvater. Und Dora wurde unruhig und stand auf und nahm das Teebrett und sagte: »Ich will mal eben abtragen.« Aber der Großvater sagte: »Nein, bleib mal hier, mein Kind, laß das jetzt mal, komm, setz dich hier mal her, hier auf die Bank zu mir, so, und nun sei mal ganz ruhig und vernünftig« – er legte seine alte verwitterte sonnenverbrannte Hand auf ihren weichen runden Arm und streichelte sie sanft, und Dora guckte blaß und mit großen blanken Augen – »du brauchst nicht mehr hinzugehen, mein Kind. Er ist nicht da.« – »Ist also weggegangen, der gemeine Kerl?« Der Großvater nickte: »Heute abend. Er mochte es dir nicht sagen. Ja, er hat es sich wohl etwas bequem gemacht.«

Und dann schwiegen sie wieder lange. Trübe zog der Dunst über die Gräber, rötlich glühte der Mond, kühl hauchte es aus der Erde, und die Blumen dufteten so süß und sehnsuchtsvoll. Da tutete auf einmal dumpf vom Hafen her ein Dampfer.

Milde lag der gelbwarme Schein der Petroleumlampe auf Doras rundem, blassem Gesicht, und der Großvater schielte sie vorsichtig von der Seite an. Dicke Tränen kullerten aus ihren offenen Augen. »Weg – weg«, sagte sie, »nicht mehr zum Schuppen, gar nichts mehr – was soll ich denn nun machen?«

»Still, mein Kind«, sagte der Großvater, »wird schon vergehn. Vergeht ja alles.«

In Tränenschleiern und Mondendunst verschwamm für Dora der Friedhof, die Welt.

»DAS WIRD JA IMMER SCHÖNER«, SAGTE Frau Metzler, »Zeitung lesen, wo so viel zu tun ist.« Die Köchin hatte die Zeitung auf dem Küchentisch ausgebreitet, und sie lag darüber, den Kopf auf die Arme gestützt. Mürrisch brummelnd ging sie an den Herd zurück. Und Frau

Metzler wollte gerade die Zeitung zusammenfalten, da sah sie die Abbildung der Uhr, und dann las sie: »Neues über den rätselhaften Mord in der Borkenhütte. Gestern hat ein Spaziergänger zufällig im Grase dicht vor der Borkenhütte die hier abgebildete Herrenuhr gefunden. Es besteht nun stark der Verdacht, daß der Mörder der Marie Olfers sie am Tatort verloren hat.« – Das kann ja wohl nicht sein, das muß doch ein Irrtum sein, das ist ja Unsinn – »Es handelt sich um eine dicke, goldene Herrenuhr von etwas altmodischer Form und Machart, das Zifferblatt mit blauen Blumen geschmückt, höchstwahrscheinlich ein Erbstück, und auf dem Rückendeckel ist das Monogramm A. M.« – Ja, das ist sie, aber das ist ja ganz unmöglich, wie kommt die Uhr da hin, ein Versehen, die hat jemand da hingelegt, ich muß doch gleich mal mit Georg – Gott, o Gott, und sie nahm die Zeitung in beide Hände, aufgeschlagen, und ging hastig aus der Küche.

»Was hat sie denn nun«, sagte die Köchin, »mir nimmt sie sie weg und dann liest sie selber wie verrückt darin.«

»Hast du gesehen, wie sie guckte«, sagte Susi, »da konnte einem ja ganz anders werden.«

Frau Metzler ging mit der Zeitung durch die Tische, wo die Leute saßen, die Zeitung flatterte, so schnell ging sie, und Wöhlbiers Militärkapelle spielte, und die Lampen leuchteten zwischen den Bäumen, aber dann blieb sie stehen. Was standen denn da für Herren bei Georg? Was wollten die denn, und warum saß er denn so gebückt und komisch da? Sie ging weiter. Ihr Herz hämmerte, sie schluckte. Georg, o Gott, Georg, es kann ja nicht sein, und dann war sie an seinem Tische angelangt und wußte nichts zu sagen, weil die Herren noch immer da standen, und dann sagte sie schließlich: »Georg, kann ich dich mal eben sprechen?« Aber der eine Herr sagte: »Dafür ist jetzt wohl nicht der richtige Augenblick.« – »Ich bin aber seine Mutter«, sagte Frau Metzler, »für die wird er wohl noch einen Augenblick Zeit haben. Georg, es ist wichtig.« – »So, Sie sind die Mutter«, sagte der Herr, »dann kennen Sie vielleicht diese Uhr?« – »Natürlich kenn ich sie«, sagte Frau Metzler, »aber das ist ja alles ein Irrtum, das stimmt ja gar nicht, was hat Georg denn mit der ganzen Sache zu tun? Und warum mischen Sie sich überhaupt darein? Wer sind Sie?« – »Bitte, seien Sie etwas ruhiger, mäßigen Sie sich etwas. Ich sage das in Ihrem Interesse. Es ist doch besser, wenn die ganze Sache unauffällig verläuft. Wir beide sind von der Kriminalpolizei«, er öffnete die Hand und zeigte die Marke, »wir müssen Ihren Sohn leider verhaften, bitte, seien Sie still.« – »Georg, Junge, und du sagst gar nichts? Du läßt dir das alles gefallen?« Aber da sah Georg langsam auf zu ihr, oh, wie war sein Gesicht blaß und müde, und der Blick so tot, aber doch auch wieder sanft und gelöst wie nie vorher. »Laß man«, sagte er leise, »es stimmt ja alles, muß ja alles so sein, ist schon richtig so«, und da sank Frau Metzler auf einen Stuhl und legte die Arme auf den Tisch und den Kopf darauf und weinte, weinte. »Vorsicht«, sagte der Herr, »man guckt schon von den Nebentischen.« Er beugte sich zu Georg runter: »Ich lasse Ihnen noch einen Augenblick Zeit, mit Ihrer Mutter zu sprechen.« – »Danke«, sagte Georg, und die beiden Herren traten zurück, gingen dorthin, wo die Tische aufhörten und die Anlagen begannen und blickten unverwandt zu Georg hinüber. Und Henry Olfers und Hans Steenken traten aus dem Baumdunkel auf sie zu, und Henry sagte: »Was ist denn nun los, ist es doch nicht der Richtige?« – »Doch«, sagte der Herr, »der Richtige ist es schon. Er spricht mit seiner Mutter. Jungens, das habt ihr wirklich ausgezeichnet gemacht.«

Und Wöhlbiers Militärkapelle spielte unermüdlich weiter, ein Potpourri aus dem »Fidelen

Bauer«, und die Leute lachten und plauderten, tranken Bier und Kaffee und Ananasbowle, und die Kellner liefen eilfertig zwischen den Tischen und schwangen ihre Servietten, und auf dem See kreisten die Ruderboote im Mondendunst, und der Mond hob sich immer mehr über die Bäume und verlor die blutige Farbe und wurde klarer und strahlender und durchleuchtete den Himmel.

Und dann kam der Augenblick, da legte sich eine Hand auf Herrn Metzlers Schulter: »Es ist Zeit, kommen Sie man ohne viel Worte.« Und Herr Metzler stand langsam auf, so schwer, nahm seinen steifen Hut vom Stuhl, und dann stand er vor seiner Mutter, schwankend, so geisterbleich das dicke Gesicht, und da umschlang sie ihn, küßte ihn: »Mein Junge, mein armer Junge«, und dann sah sie ihn weggehen mit den Herren, er in der Mitte, durch all die Tische, und da hinten stiegen sie in eine Droschke und fuhren in den dunklen Bürgerpark hinein.

Willi, der Oberkellner, stand vor Frau Metzler und sah sie traurig an mit seinen braunen Affenaugen: »Was ist denn los mit Georg? Was wollten die denn eben?«

»O Willi«, schrie Frau Metzler und biß sich auf die Faust, »sie haben ihn abgeführt, sie haben meinen Jungen abgeführt.«

»Georg? Was hat er denn bloß getan?«

»Sie muß ihn ja auch wahnsinnig gemacht haben – die gräßliche Person.«

»Wer denn? Was ist denn los?«

»Die Olfers, Willi, du weißt doch …«

»Das war Georg?«

»Der dumme Bengel … bloß, weil sie ihn nicht mehr mochte …«

»O Gott«, sagte Willi.

»LIEBE LEIDTRAGENDE«, SAGTE META, sie hatte die Hände überm Bauch gefaltet und ein schwarzes Regencape umgehängt und vor der Brust ein kleines weißes Kinderlätzchen baumeln, »wir begraben heute unser liebes Lach-Wein-Gesicht, das leider schon so früh von hinnen mußte. Heute am frühen Nachmittag ist es erst zur Welt gekommen, und abends lag es schon tot da. Es gibt wohl keinen unter uns, der ihm nicht von ganzem Herzen nachtrauert, war er doch ein guter Drachen, ein lieber Drachen, ein artiger Drachen. Wie fein hat er sich im Kampf mit Drachen-Emil benommen, und er wäre noch am Leben, wenn nicht das schreckliche Gewitter gewesen wäre. Aber gegen so ein furchtbares Gewitter kommen ja auch wir Menschen nicht an. Darum ruhe in Frieden, Lach-Wein-Gesicht, du hast deine Pflicht getan, und wir werden dich nie vergessen.«

Sie hatten in der Ecke zwischen Schuppen und Kirchhofsmauer, die der alte Nußbaum so tief umschattete, daß kaum ein Mondstrahl hineindrang, ein kleines Grab geschaufelt und das zerfetzte Lach-Wein-Gesicht hineingelegt, und Anni stand neben dem Grabe, und während Meta feierlich-tief sprach, drückte sie ein kleines Taschentuch an die Augen und schluchzte, aber als die Predigt zu Ende war, da klatschte sie in die Hände: »Schick, Meta, das hast du fabelhaft gesagt.« Aber Meta ließ sich gar nicht stören in ihrem feierlichen Gebaren und nahm eine Schaufel und schüttete Sand auf Lach-Wein-Gesicht – »los doch, du auch« – und dabei sagte sie, und Anni sprach es ihr nach: »Ruhe sanft – möge die Erde dir leicht sein – Friede deiner Asche.«

Da stand Dora plötzlich an der Schuppenwand: »Was macht ihr hier denn für 'n Unsinn? Ich denk', ihr seid längst im Bett.«

»Och, wir haben nur Lach-Wein-Gesicht begraben.«

»Nun aber los«, sagte Dora, und die Mädchen ließen die Schaufeln fallen und huschten kichernd hinweg.

Begraben, klang es in Dora nach, hier Lach-Wein-Gesicht begraben, und sie blickte lange auf die leere Bank unterm Nußbaum, wo sie eigentlich nun mit Alberto hätte sitzen müssen.

LINA MACHTE DIE TÜR AUF. FRAU HOLLmann saß in der dunklen Stube am Fenster. »Frau Hollmann, Martin ist da, er ist mit 'ner Droschke gekommen, sie haben ihn mit 'ner Droschke gebracht.«

Frau Hollmann sah aus dem Fenster, da stand unten 'ne Droschke, und Martin stieg gerade aus, Jonny Stegmann stützte ihn unterm Arm, und ein anderer älterer Junge stand im Wagen und sprach mit dem Kutscher. Frau Hollmann ging aus der Stube über den dunklen Flur die Treppe runter durch den Windfang vor die Haustür: »Martin, da bist du ja, was hab' ich schon auf dich gewartet, was ist denn los?«

»Och gar nichts«, sagte Martin und lächelte matt und verlegen, sah so blaß aus, »ich hätte auch ganz gut zu Fuß gehen können. Aber Dickie meinte ja …«

»Ja, ist besser so«, sagte Dickie, »er ist 'n bißchen ohnmächtig geworden.«

»Wie kommt das denn?« sagte Frau Hollmann, »was hast du denn gemacht?«

»Och, erzähl' ich dir alles später, nun laß mich man erst mal ins Haus.«

»Und was hast du für 'ne schreckliche Schramme im Gesicht. Hat dir jemand was getan?« fragte Frau Hollmann und blickte finster-mißtrauisch auf Dickie.

»Nee, niemand hat mir was getan, im Gegenteil, Mama, das ist Dickie Brent.«

»So«, sagte Frau Hollmann, und Dickie gab ihr die Hand und verbeugte sich etwas, und dann sagte er: »Tja, dann woll'n wir man gehen, nun kannst du ja alleine fertig werden. Also tjöh, kluger Odysseus. Ach ja, richtig, Frau Hollmann, entschuldigen Sie, wir mußten doch die Droschke nehmen – für Martin – nun hab' ich gar kein Geld.«

»Lina«, sagte Frau Hollmann, »holen Sie mal eben meine Handtasche, sie liegt oben im Zimmer auf 'm Nähtisch, da ist mein Portemonnaie drin.«

Und sie standen auf der Treppe vorm Haus und warteten, die weiche Luft zog um die Straßenlaternen, und es war still auf der Straße, und das Pferd von der Droschke schlug mit dem Huf auf das Pflaster, rund und schwer standen die Tannen im Vorgarten, und Frau Hollmann sagte: »Was hab' ich für 'ne Angst gehabt, Kind.« – »Nun bin ich ja da, Mami«, sagte Martin, und Jonny Stegmann sagte: »Sie hätten nur mal sehen sollen, wie mutig Martin sich heute benommen hat, als er Drachen-Emil niederboxte.« – »Wer ist das?« fragte Frau Hollmann. »Erzähl' ich dir alles später«, sagte Martin, und dann kam Lina zurück mit der Tasche, und Frau Hollmann holte das Portemonnaie heraus.

»DU KÖNNTEST MIR EIGENTLICH JETZT noch mal was von dir vorlesen«, sagte Minna Runge. Sie hatten Abendbrot gegessen und saßen auf der Terrasse vorm Haus. Vorüber war das Gewitter, gekühlt die Luft, und Christian Runge hatte sich eine dicke schwarze Brasil angesteckt und paffte in den Abend. Auf dem Tisch brannte die Petroleumlampe, und vor Christian Runge stand eine Rotweinflasche und ein gefülltes Glas. Er saß gemütlich in den Korbsessel zurückgelehnt unter dem säulengetragenen Dach der Terrasse, rauchte, trank von dem schweren, süffigen Wein, atmete die kühle reine Luft ein, die vom Wall zu ihm aufdrang und nach Gras und Blumen und Wasser roch, sah über den dunklen Frieden des Wallgrabens und zum Mond auf, der sich immer kühler und strahlender über der Mühle und dem weißen Stadttheater da drüben raufschob, und Christian Runges breite rote Lippen leuchteten.

»Tja, was soll ich dir denn vorlesen?«

»Du hast doch heute was geschrieben, als das Gewitter war.«

»Nee, das paßt hier jetzt nicht her, das ist auch noch nicht fertig. Aber warte mal, da hab' ich so 'ne andre Sache.« Er erhob sich langsam und ging in das Zimmer, knipste die Schreibtischlampe an, und Minna sah ihn am Schreibtisch rumkramen. Immer weißer glänzte drüben am Wall der Giebel des Stadttheaters auf, und als Christian Runge mit einer schwarzen Wachstuchkladde zurückkam und sich wieder in den Korbsessel setzte, sagte Minna: »Du, wir müssen uns aber endlich entschließen, ob wir wieder ein Abonnement nehmen wollen für das Stadttheater. Nächste Woche geht es schon los.«

»Ach, ich weiß nicht«, sagte Christian Runge, »immer Tannhäuser, Troubadour, Mignon und Tiefland, davon hat man nun genug. Händel und Gluck müßten die spielen und mehr Mozart, dann kriegte man mich vielleicht noch rein. Ach, die haben ja keine Ahnung von der richtigen Oper.«

»Na, nun lies man erst mal«, sagte Minna Runge und legte die Hände zwischen die Knie und beugte sich interessiert vor, sanft dunkelte ihr Schnurrbart auf der Oberlippe, und Christian Runge schlug die Wachstuchkladde auf und sagte: »Ist wieder was Griechisches«, und Minna sagte: »Scheinst jetzt 'n richtigen kleinen Griechenfimmel zu haben«, und Christian nickte und lachte: »Ja, ist komisch«, und dann begann er zu lesen.

DIE SONNE GING AUF DER ANDEREN Seite der Insel unter, man konnte sie nicht mehr sehen, die waldige Bucht begann sich schon mit brauner Dämmerung zu füllen, da sagte Nausikaa: »Jetzt kann ich nicht mehr«, und sie hörten auf mit dem Ball zu spielen und setzten sich auf einen kleinen Grashügel und schauten über den Strand, wo die Wäsche ausgebreitet lag, und zum Meer. Es war sehr schön, zu sehen, wie das Blau des Meeres immer dunkler und dunkler wurde, und sie schwiegen eine lange Zeit, müde und zufrieden, und genossen die Stille und hörten das Rauschen vom Strande. Da fiel Arcis plötzlich ein: »Ich wollte euch ja noch erzählen, was ich dann zu Leucos sagte«, und sie erzählte es, und die Mädchen mußten laut loslachen über Arcis' freche Antwort. »Früher hätte ich so was nicht gesagt«, sagte Arcis, »das hab' ich erst von dir gelernt, Nausikaa.« – »Ja, du warst ne schöne Landpomeranze«, sagte Nausikaa, »mein Gott, wie sahst du damals aus, als du zu uns kamst.«

Da geschah es plötzlich, daß sich dicht hinter ihnen der Ölbaumbusch raschelnd bewegte, und eine Gestalt trat hervor, die Mädchen schrien hell auf, ein nackter Mann, er hielt sich einen Ölbaumzweig vor den Leib und war ganz schlammbedeckt. Arcis, Armene und Phia liefen ein ganzes Stück fort, und auch Nausikaa sprang auf und wollte weglaufen. Da rief der Mann: »Bitte, bleiben Sie doch, ich tu Ihnen nichts, ich möchte Sie nur was fragen.« Da blieb Nausikaa stehen, drehte sich rum, der Mann sah scheußlich aus und dreckig, aber seine Stimme klang schön, so ernst und traurig und männlich, und Nausikaa sagte: »Was wollen Sie denn? Was fällt Ihnen ein, so vor uns zu erscheinen, so red' ich nicht mit Ihnen.« Da sah Odysseus an seinem Leibe runter und er sagte: »O Gott, ja, wie seh' ich aus. Ach, ich bin noch ganz im Traume, ja, ich will mich waschen, aber laufen Sie bitte nicht weg.«

Phia rief von da hinten: »Prinzessin, kommen Sie doch, lassen Sie doch den unverschämten

Menschen einfach stehen.« Phia verstand Nausikaa nicht. Man kannte doch zur Genüge diese Geschichten von den unverschämten Faunen, die aus dem Walde hervorbrachen und die jungen Mädchen wegtrugen auf Nimmerwiedersehn. »Das ist überhaupt gar kein Mensch«, meinte Armene, »das ist so 'n Meerungeheuer.«

»Oh, Sie sind eine Prinzessin«, rief Odysseus, »dank dir, Athene.«

»Was hat das denn mit Athene zu tun«, sagte Nausikaa. »Die Götter müssen auch für alles herhalten. Nun waschen Sie sich man lieber.«

»Ja, ja«, sagte Odysseus. »Aber nicht weglaufen.«

»Wenn ich gesagt habe, daß ich nicht weglaufe, dann tue ich es auch nicht.«

Am Strande, leicht umspült von den ersten Wellen, lag ein mächtiger Felsblock. Hinter diesem Felsblock verschwand Odysseus, und die Mädchen hörten ihn im Wasser herumspritzen und plantschen. Na, der hatte allerlei zu tun, bis er die dicke, harte Dreckkruste runter hatte.

»Ich versteh dich nicht« sagte Arcis.

»Man kann doch mal sehen, wie er nun eigentlich aussieht«, meinte Nausikaa.

»Vielleicht ist das dein Zukünftiger«, sagte Armene.

»Wer weiß«, sagte Nausikaa, »man muß immer auf ihn gefaßt sein.«

»Zeus, der ist im Schwane,
Zeus, der ist im Stier,
Eh ich es noch ahne,
Ist Zeus bei mir.«

sang Phia.

»Laßt man«, sagte Nausikaa, »seine Stimme klang sehr schön.«

»Na, ihr könnt ja auf ihn warten, bis ihr schwarz werdet, ich pack unterdessen schon die Wäsche zusammen«, sagte Arcis. Und sie begann die Tücher und Kleider zusammenzufalten und in den Karren zu legen. Neben dem Karren graste noch immer friedlich und still der kleine graue Maulesel, der ihn hergezogen hatte. Das feuchte Abendgras schmeckte ihm wohl besonders gut.

Athene, die den ganzen Vorgang mit großem Interesse verfolgt hatte, dachte: So, bis hierher hätten wir's geschafft. Nun kommt es nur noch darauf an, daß die kleine Prinzessin ordentlich Feuer fängt, dann wird sie schon für Odysseus sorgen. Aber Odysseus' Aussehen stimmte sie bedenklich. Er hatte in letzter Zeit zu viel Kummer und Strapazen gehabt, das hatte ihn doch etwas mitgenommen. Und immerhin war er doch jetzt schon über die Vierzig. Nein, es ist wohl besser, ich helfe ein wenig nach. Während Odysseus also hinter dem Felsblock im Wasser saß, Seetang in der Hand, um sich damit den Körper abzureiben, trat die Göttin zu ihrem Schützling heran, unsichtbar, und goß ihm frische Kraft und Jugendfülle in die Glieder, härtete ihm die Schenkel, wölbte ihm die Brust vor, straffte Muskeln und Sehnen, formte ihm die Umrisse von Schulter und Hals zu bezaubernden Linienschwüngen, gab seinen Augen Glanz, seiner Stirne Klarheit und Glätte, seinen Lippen Blut und Saftigkeit, seiner Haut weiche, bronzene Bräune.

Aber Nausikaa hatte eine Freundin unter den Strandnymphen, es war Aleppa, der wehende Schaumstreif. Nausikaa ahnte nicht, daß sie diese Freundin hatte, aber Aleppa hatte Nausikaa häufig am Strande belauscht, wenn sie die Wäsche wusch und mit ihren Freundinnen spielte. Und Aleppa hob sich der Göttin entgegen aus der Flut und blickte sie zornig an mit ihren hellen Augen und sagte: »Du denkst immer nur an Odysseus. Was soll aus Nausikaa werden? Du wirst sie unglücklich machen. Nie wird sie von Odysseus loskommen, wenn du ihn so schön machst, und er muß doch zurück nach Ithaka, sie warten ja alle auf ihn. Oder willst du, daß er hier bleibt bei Nausikaa? Aber das geht doch nicht.« – »Odysseus wird zurückkehren nach Ithaka«, sagte Athene hart, »und Nausikaa wird ihm dabei helfen.« – »Ja, und du wirst ihr das Herz brechen.« – »Sie wird's schon überstehen«, sagte Athene.

Klagend sank Aleppa zurück, und Odysseus trat hinter dem Felsblock hervor, wieder den Ölbaumzweig schützend vorm Leibe, und seine Glieder schimmerten sanft und machtvoll in der dämmrigen Abendluft. Da wurden die Mädchen ganz stille, und sie saßen da auf dem Hügel und blickten ihn an. Odysseus trat näher und sagte: »Da bin ich also«, und er sah Nausikaas große ängstliche Augen. Er fühlte wohl, warum sie so guckte auf seine Brust, auf seine Schenkel, auf seinen Mund.

»Wer sind Sie«, sagte Nausikaa.

»Odysseus«, sagte er.

»Oh«, rief sie, »wie kommen Sie hierher? Sind Sie denn noch immer nicht zu Hause?«

»Nein, seit Troja bin ich noch nicht zu Hause gewesen. Poseidon verfolgt mich. Aber das ist eine lange, lange Geschichte, und ich bin müde. Können Sie mir helfen? Wie heißt diese Insel? Wie heißen Sie, was sind Sie für eine Prinzessin?«

»Dies ist die Insel Scheria, hier wohnen die Phäaken, und mein Vater Alkinoos ist der König.«

»Und wie heißen Sie?«

»Nausikaa.«

»Nausikaa.« Sie blickten sich an, und dann sagte er: »O bitte, bringen Sie mich zu Ihrem Vater, helfen Sie mir, daß ich nach Hause komme, ich muß ja nach Haus.«

»Ja, ich will Ihnen helfen, wenn ich's kann«, sagte Nausikaa – wo war nun ihre Keckheit, wo ihr Witz? – Und Phia mußte das schönste Kleid bringen, das im Karren lag, weißes Tuch mit roträndeter Borte, und Odysseus legte es um die glänzenden Glieder, und sie machten sich auf den Heimweg.

Phia, Arcis und Armene gingen mit dem Eselskarren, in dem sich hoch die weiße Wäsche türmte, voran, und Nausikaa und Odysseus folgten in einigem Abstand nach. Und Phia hatte die Eselsleine in der Hand und die Peitsche, und sie sang leise und mit hoher Stimme:

»Zeus, der ist im Schwane,
Zeus, der ist im Stier,
Eh' ich es noch ahne,
Ist Zeus bei mir.«

Und dann fiel Armene ein in dunklerem Ton:

»Aber nur für Stunden
Blieb er mir verbunden,
Schon bluten Herzenswunden,
Ist nicht mehr hier.«

»SCHÖN«, SAGTE MINNA RUNGE, »MAN muß 'n bißchen lachen dabei, aber es ist doch auch traurig. Natürlich geht das Ganze schief aus.«

»Wenn du das man merkst«, sagte Christian Runge.

DIE GROSSMUTTER TRAT LEISE AN DIE Kammertür und hielt ihren Kopf hin, um zu horchen, und vom Flurfenster her fiel der Mondschein in ihr Gesicht mit der großen Adlernase. Die Kammertür war nur angelehnt, und so konnte sie hören, wie Martin gerade sagte: »Weißt du, wie er dann wirklich in meinen Arm schnitt und das Blut floß heraus in den Becher, da konnt' ich nicht mehr, da bin ich einfach hingefallen – ohnmächtig.«

»Gräßliche Jungens«, sagte Frau Hollmann, »und ich paß nicht auf und laß dich einfach zu diesen rüden Bengels laufen. Dich auf diesen Drachen-Emil zu hetzen.«

»Das stimmt ja gar nicht, Mama, ich bin ja freiwillig auf Drachen-Emil losgegangen, ich wollt' doch so gern in die Bande.«

»Ja, aber mit 'm Messer in 'n Arm schneiden«, sagte Frau Hollmann.

»Das ist doch alles gar nicht so schlimm«, sagte Martin. »Und nun bin ich doch in der Bande, das sind alles meine Freunde, ich war doch so allein, und Dickie hat mich sogar nach Hause gefahren in 'ner Droschke.«

»Magst du den denn so gern, diesen Dickie?«

»Hm, furchtbar gern, der ist prima.«

»Ich versteh' das alles nicht«, sagte Frau Hollmann, »das sind doch Rowdies.«

»Nee, Mami, das sind alles feine Kerls.«

»Na, wenn's dir man Spaß macht«, sagte Frau Hollmann. »Aber du mußt dich mehr in acht nehmen, hatte ja so 'ne Angst.«

»Und Pips hatte 'ne richtige Rotweinflasche von zu Hause«, sagte Martin, vor sich hin lachend.

»Was ihr für 'n Unsinn macht«, sagte Frau Hollmann, »aber man gut, daß du wieder da bist. Nun guck doch bloß mal diese Schramme auf 'm Gesicht.«

»Schad't doch nichts.«

»Gott, mein Junge, wenn dir nun auch noch was passiert wäre.«

»Ach was.«

»Ja, ich bin keine gute Mutter – hast du mich denn noch etwas lieb? Deine alte Rabenmutter?«

Und dann war es 'n Augenblick still, die Großmutter hörte ein Rascheln. Ob Martin sich jetzt wohl im Bett aufgerichtet hatte, um seine Mutter zu umarmen? Sie hörte Küsse, sie hörte ein leises Aufschluchzen, und dann sagte Frau Hollmann: »Mein lieber Junge, ach, es ist ja auch so schwer für mich, aber ich muß mich damit abfinden, ich weiß es ja, und ich hab' ja auch noch dich.«

Und dann war es wieder eine Zeitlang still, und Martin sagte auf einmal zaghaft: »Du, und nicht immer mehr dies Schwarz.«

»Nein, nein«, sagte Frau Hollmann, »morgen will ich nun mein rotes Kleid anziehen, dann wird sich auch Oma freuen.«

Ja, die Oma freute sich, als sie dies Gespräch hörte, und aufatmend trat sie von der Tür zurück. Aber als sie auf den monderhellten Flur ging und in die Stube wollte, da fühlte sie wieder diesen scharfen Schmerz in der Magengegend.

Ob sie Luise doch mal davon erzählen sollte, ob sie doch mal zum Arzt gehen sollte? Ach, sie fühlte ja, das war eine schlimme Sache, lieber noch nichts sagen und warten, ob es nicht doch noch wegging. Sie trat zum Garderobenständer, der im Flur stand, und in dem ein Spiegel war, und durch das Flurfenster fiel das helle Mondlicht in den Spiegel, und sie betrachtete ihr bleiches, abgemagertes Gesicht, aus dem die Nase immer schärfer hervortrat, und sah in den Augen dies dunkle gespenstische Drohen, und das Mondlicht fiel auf die große runde Rubinbrosche, die sie am Halse trug auf dem schwarzen Kragen mit der Spitzenrüsche, und die Rubinen glühten blutigdunkel im Mondenschein.

ALS WILLI, DER OBERKELLNER, IN DIE Küche zurückkam, war der Stuhl, auf dem sie eben noch gesessen hatte, leer, und die Köchin und Susi gingen erregt auf ihn zu: »Herr Dirksen ist gekommen und hat sie geholt, nun sagt er es ihr. Willi, ist das nicht schrecklich? Sie hat dagesessen und kein Wort gesagt. Kinder nochmal, wer hätte das gedacht.«

»Die ordentliche Frau, und das muß ihr nun passieren«, sagte Willi. Und Susi fing plötzlich an zu heulen: »Sie tut mir ja so leid. Man kann das ja gar nicht verstehen.« – »Still, sie kommt«, sagte die Köchin. Und sie machten sich schnell an die Arbeit, die Köchin begann wie wild an einem Aluminiumtopf zu putzen, und man hörte die Bürste auf dem Topf kratzen, und Susi stand am Aufwaschbrett und die Tassen klirrten. »Was hat er gesagt?« fragte Willi und sah sie angstvoll an mit seinen braunen Affenaugen. »Ach nichts«, sagte Frau Metzler, »soll erst mal wegbleiben, ich bleib schon weg«, und dann ging sie zu dem Garderobenschrank, der in die Wand eingebaut war, und öffnete ihn und nahm ihren schwarzen Strohhut heraus mit den Kirschen drauf und ihren alten dunklen Mantel, und Willi half ihr beim Anziehen, »danke«, und dann wollte sie rausgehen, wandte sich noch mal in der Tür um: »Nacht«, und da drehten sich Susi und die Köchin hastig zu ihr hin, nickten heftig und verbeugten sich, »tjöh, Frau Metzler«, und die Köchin trat auf einmal auf sie zu, druckste so rum, hielt ihr zaghaft die Hand hin: »Frau Metzler, kommen Sie nun nicht wieder? Kommen Sie man wieder«, und Susi sagte: »Ja, Sie müssen wiederkommen. Das ist Herrn Dirksen doch recht, das muß ihm doch recht sein.« Aber Frau Metzler hob nicht die Hand und gab sie ihnen nicht und sagte nur: »Mal sehen – weiß nicht«, und ging fort, ging durch die Tische vorm Schweizerhaus, wo nur noch wenige Gäste saßen, und die Musiker steckten gerade ihre Trompeten in die schwarzen Wachstuchhüllen, und das Licht ging aus in dem Pavillon, und auch die Lampen zwischen den Kastanien erloschen eine nach der andern, und der Mond schien auf Tische und Stühle und auf die glatte Fläche des Viktoria-Sees, und zwei Kellner standen da und sahen, wie Frau Metzler durch die Tische ging, und wie Willi ihr nachlief. »Ich rede mit ihm, er muß dich behalten. Das ist doch gar nicht deine Schuld, sollst mal sehen, den krieg ich schon rum.« Aber da drehte sich Frau Metzler zu ihm hin: »Das ist doch alles einerlei, Willi. Nun laß mich man, nun laß mich man in Ruh.« Und da ließ Willi sie gehen, sie ging ein Stück am Ufer des Sees entlang im klaren Mondlicht, und dann bog sie in den Bürgerpark ein und tauchte unter ins Dunkel.

KASERNE. STUBE DES LEUTNANTS CHARISIUS im matten Lampenlicht, und am Fenster steht Leutnant Charisius, und auf der einen Seite neben ihm steht Henry Olfers und auf der andern

Dickie Brent. Und sie reden leise und langsam, und da unten liegt kahl und eckig der Kasernenhof im hellen Mondlicht, und der Sandboden schimmert grau, und das hohe Eisengitter um den Kasernenhof glänzt kalt, und dahinter liegt die Straße mit den hohen dunklen Häusern, und sie hören den schweren Schritt der Wache vorm Tor. Scharf und weißhell, brennend-still steht der Mond oben am Himmel und durchdringt ihn mit seinem Licht, hat alle Wolken und Trübungen längst weggefressen, weggebrannt mit seinem Glanz. Gleichmäßig-klar, metallen wölbt sich das Rund.

»Der ist es also gewesen«, sagte Leutnant Charisius.

»Hast du ihn gekannt?« fragte Henry Olfers.

»Nein, und auf den wär' ich nie gekommen. Sie hat mir mal von ihm erzählt, ich entsinn' mich wohl. 'ne Jugendfreundschaft. Aber dann soll er sich sehr verändert haben.«

»War Organist an der Ägidienkirche«, sagte Henry.

»Ja«, sagte Leutnant Charisius und blickte scharf in den kalten, strahlenden Mond und auf das öde Geviert des Kasernenhofes, »das mochte sie eben alles nicht mehr, die Musik und dies Schwelgen, dies Dicke und Schwere, den satten

Genuß, hat ja auch eines Tages ihr Klavier zugeklappt und nie mehr gespielt. Wollte ins Kühle und Klare. Darin waren wir uns ja so einig.«

»Ja, aber Trude sagte, sie habe ihn sehr getriezt, ob das wohl stimmen kann?«

»Kann schon sein«, sagte Leutnant Charisius, »sie konnte schon streng sein und hart, deine Schwester, angenehm war sie nicht, das weißt du ja auch, aber es war alles nur um der Klarheit willen.«

»Streng und hart«, dachte Henry. Und er sah seine Schwester liegen im Sarge, und das elektrische Licht fiel auf sie hin, auf ihr starres, gepreßtes Gesicht, und ihr rabenschwarzes Haar war zur altertümlichen Frisur gescheitelt, wie sie sie nie im Leben getragen hatte. Da fröstelte es ihn auf einmal in dem scharfen Mondenschein, und er sagte: »Möcht' nun wohl nach Haus. Bin ja so müde.«

»Entschuldige, Henry«, sagte Dickie, »wenn ich noch nicht mitgehe. Ich möchte Leutnant Charisius noch gern was sagen.«

»Schad't ja nichts, Dickie, aber ich will man gehen. Morgen kommt auch noch 'n anstrengender Tag. Wenn das man erst vorüber wäre.«

»Ja, diese Grabreden«, sagte Leutnant Charisius.

AUCH MINNA RUNGE SAGTE: »NUN MUSS ich aber ins Bett. Morgen haben wir Waschtag, da gibt es viel zu tun.« Und als sie schon in der Balkontür stand, sagte Christian Runge: »Du, Minna, ich hab' mir übrigens heute einen Ruck gegeben und diesen Organisten von der Ägidienkirche nun doch mal angequatscht. Hab' ihn zu Donnerstag eingeladen.«

»Und meinst du, daß er kommt?«

»Weiß nicht«, sagte Christian Runge, »sehr erbaut schien er nicht davon zu sein. Machte 'n ziemlich brummigen Eindruck. Aber gespielt hat der Bursche heute wieder, ich kann dir sagen, fabelhaft – direkt unheimlich.«

»Na, woll'n mal abwarten. Unser Harmonium ist auf alle Fälle vorgestern repariert. Also gute Nacht.«

»Nacht.«

Schattenhaft glitt Minna Runge hinweg. Christian saß nun allein auf der Terrasse im gelben Schein der Petroleumlampe und sog an seiner schwarzen Brasil und schlürfte aus dem Rotweinglas und sann über die Nachtlandschaft hin, über Gärten, Wallgraben, Baummassen und Mühle, die im Mondlicht glänzten, sah auf zu dem klaren, weiß-strahlenden Mond, der sich immer höher über den schweren Wallgraben weghob.

KAMERUN, KAMERUN – UND LEUTNANT Charisius sagte: »Dickie, das geht doch gar nicht. Wie stellst du dir das denn vor?«

»Im November werd' ich doch schon sechzehn, da kann ich doch mitgehen.«

»Ja, aber deine Eltern und die Schule.«

»Ist mir doch egal. Da kneif' ich einfach aus. Hauptsache, daß Sie mir helfen. Die Überfahrt mit 'm Schiff, wissen Sie – aber ich kann ja auch als Schiffsjunge fahren. Und später, dann nehmen Sie mich in Ihre Kompanie.«

»Junge, das ist doch Wahnsinn. Möchtest du hier denn so gerne weg?«

»Will kein Kaufmann werden«, sagte Dickie finster, sah auf die mondhelle Fensterbank, strich mit seinem Finger darüber hin. »Will überhaupt nicht so werden, wie die da waren.« Trotzig hatte er die Unterlippe vorgeschoben, hart und rund meißelte das Mondlicht seinen kurzgeschorenen Kopf heraus. Klar und öde glänzte da unten der Kasernenhof. Laut hallte der Schritt des Wachtpostens vom Tor.

»Und deine Freunde«, sagte Leutnant Charisius, »die Peliden?«

»Müssen eben sehen, wie sie fertig werden.«

»Die werden doch gar nicht ohne dich fertig.«

»Och, Quatsch«, sagte Dickie. Aber schon sah er das Fackellicht über die Eisenplatten des Schiffsrumpfs flackern in Lührssens Werft, und der kleine Martin Hollmann stand vor ihm, so blaß und mit so glänzenden begeisterten Augen, und die Bande sang:

Treue, Treue woll'n wir halten
Unserm Bruder bis zum Tod ...

»Das ist mit mir doch ganz was anderes«, sagte Leutnant Charisius, »'ne ganz verkorkste Sache. Grade als du vorhin kamst mit Henry, will ich dir mal gestehen, da mußt' ich denken, ob ich die Reise nach Kamerun nicht etwas radikaler machen sollte. So richtig nach Kamerun, weißt du.« Er lachte kurz auf: »Kamerun – klingt das nicht verteufelt nach Kammer und Ruhn?« Und er faßte Dickie am Arm und zog ihn mit zu seinem Nachttisch neben dem Bett und riß die Schublade auf: »Da liegt er ja, der Schlüssel für Kamerun.«

»Nein«, rief Dickie empört, »Leutnant Charisius, das dürfen Sie nicht.«

»Tu's ja auch nicht, mein Junge. Hatte verdammte Lust. Wär' feige gewesen. Aber wie ich sie da heute so liegen sah, und die Blumen dufteten, und sie war so wahnsinnig still, da glaubt' ich 'n Geflüster zu hören: nach Kamerun – dies ist doch Kamerun – da willst du doch hin.«

»Versteh' ich nicht«, sagte Dickie.

»Kannst du auch noch nicht verstehen. Gott sei Dank. Nein, nein, ich fahr' brav mit dem Dampfer nach Afrika, keine Sorge, und bleib' bei meinen Negern und Schlangen und Löwen. Aber sieh mal, das hast du doch nicht nötig, bei dir fängt doch erst alles an, bleib du man erst mal hier und sieh zu, ob ihr's nicht anders machen könnt, du und deine Freunde.«

»Meinen Sie wirklich?«

»Klar doch. Ich gehör' ja zum alten Eisen, das rechnet ja nicht mehr mit.«

»Das ist doch nicht wahr, Leutnant Charisius.«

»Nein, nein, laß man gut sein. Ich hab' meinen Knacks weg. Aber du, Dickie, du –«

»Aber wenn es später gar nicht geht«, sagte Dickie.

»Meinetwegen, dann kannst du ja noch immer zu mir kommen – nach Kamerun.«

Und dann standen sie wieder am Fenster, nachdenklich und stumm. Laut hallte der Schritt der Wache vom Tor, und der kahle Kasernenhof glänzte klar und scharf im Mondenschein.

UND IMMER STEILER STIEG DER MOND über die Stadt empor und spann sie ein in seinen Glanz. Ein Gewitter war an diesem Nachmittag über die Stadt dahingetobt mit Rauschen und Krachen und dumpfem Rumoren, aber das war nun längst vorbei und vergessen, stille war es und tiefe Nacht, ausgekühlt und strahlend der Raum, alle Nebel und Dünste, die aus der feuchten Erde gestiegen waren, hatte der Mond weggebrannt mit seinem Glanz, und in Klarheit leuchteten Dächer, Bäume, Schiffsmasten und Werftgerüste.

Still war es, friedevoll-kühl, und nur noch wenige wachten jetzt wohl. Da saß noch Frau Hollmann in der Kammer an dem Bette des kleinen Martin, und Martin war eingeschlafen, todmüde und tief zufrieden von den Erlebnissen des Tages, und sie hörte seine ruhigen Atemzüge und sog erleichtert die frische, würzige Luft in sich ein, die durch das offene Fenster aus dem alten Garten zu ihr heraufdrang. Da saß noch der Dichter Christian Runge auf der Terrasse unter dem säulengetragenen Dach, rauchend, trinkend, träumend, und spann die Geschichte weiter von Odysseus und Nausikaa. Da standen noch immer am Fenster der Kaserne Dickie und Leutnant Charisius – Kamerun, Kamerun.

Und das Mondlicht floß in den Ägidien-friedhof auf Gräber und Kreuze und glatte Basaltsteine und in das leere offene Grab, das der Großvater an diesem Tage geschaufelt hatte.

Und der große Schwan auf dem Wallgraben, der sich heute in dem Gewitteraufruhr wild und flügelschlagend hochgereckt hatte, schreiend, wie still lag er nun auf dem schwarzen, glatten Wasser, den Kopf unterm Flügel, und sein Gefieder strahlte durch die Nacht.

Ruhe, Schlaf und Traum.

Und der Mond hob sein Antlitz immer höher über die Stadt hinaus, und die Stadt wurde kleiner und ferner, eng zusammengedrängt lag sie nun am Fluß in dem weiten Wiesenrund, und der Mond drehte sein Antlitz weg von der schlafenden Stadt, sah hin über Wiesen, Werften und Bauernhäuser, die hinter den Deichen lagen, sah hinunter den Fluß, der breiter und breiter wurde, und da, an seiner Mündung, in der Nähe der Küste, da fuhr ein Dampfer hin auf silbernen Bahnen, das war die ›Tosca‹, und Alberto stand vorne am Bug, und die frische erste Seebrise fuhr ihm in die Locken und ins Hemd, und er streckte den Kopf vor, gierig schnuppernd: das Meer, das Meer. Vergessen nun die dumpfe enge Stadt, vergessen Dora da auf dem Friedhof zwischen den Gräbern – Genua, Neapel, Konstantinopel.

UND DANN STAND DER MOND ÜBERM Meer. Und im Kühlen, Klaren, Strahlenden segelte ein Ballon dahin, weit, weit draußen auf dem Meer, hoch über dem silberstillen Spiegel, und die Gondel hing ruhig, und die Ballonkugel glänzte, und in der Gondel stand Mr. Pencock mit seiner Tochter Mary und dem Ballonführer. Sie hatten eine Wette gemacht mit Mr. Hamstead, daß sie den Mut hätten, mit einem Ballon von Deutschland nach England zu segeln, und am Nachmittag waren sie von Osnabrück aufgestiegen, und nun segelten sie schon nahe der englischen Küste, und der Ballonführer hatte das Fernglas vor den Augen und sah schon die Leuchtfeuer aufblinken.

»Papa, nun kommen wir doch noch zurück in die Wellington Street. Hättest du das geglaubt?«

»Nein, mein Kind. Aber weißt du, – das andere, – das wäre vielleicht auch ganz schön gewesen.«

»Was meinst du?«

»Nun, so im Gewittersturm zu vergehen, zu verlöschen, hinzusinken ins Meer, ins All.«

»Na, Papa, ich weiß doch nicht – übrigens bin ich heilfroh, daß ich mir zwei Mäntel mitgenommen habe.«

»Klapp dir doch noch deinen Kragen hoch.«

»Armer Papa, so ohne Mütze. Wo die jetzt wohl schwimmen mag.«

»Hamstead wird Augen machen, wenn er uns sieht. Der glaubt doch nicht, daß wir durch so 'n Gewitter heil durchgekommen sind.«

»Der Leuchtturm von Dover«, sagte der Ballonführer und gab Mr. Pencock das Glas.

NACHWORT

Vom Unter- und Auftauchen im Chaos

Inzwischen hat es sich herumgesprochen: Bei Friedo Lampe »handelt es sich um einen der traurigen Fälle eines Autors, der sowohl zu Lebzeiten wie auch nach seinem Tod unterschätzt worden ist.«[1] Zu Lebzeiten hatte das notorische »Pech« mit seinen Büchern dazu beigetragen. Die nationalsozialistischen Machthaber hatten den ersten Roman »Am Rande der Nacht« (1933) kurz nach Erscheinen beschlagnahmt. Der zweite Roman »Septembergewitter« (1937) hatte, wie Wolfgang Koeppen bemerkte, »neben der allerbreitesten Nichtbeachtung die Bewunderung weniger«[2] gefunden. Durch die Bombardierung Leipzigs verzögerte sich die Fertigstellung des dritten Buches »Von Tür zu Tür – Zehn Geschichten und eine« (1944), in dem »Septembergewitter« abermals abgedruckt wurde, so daß

1 Helmut Arntzen, Bewußtseinsdarstellung und Literatur, in: ders., Ursprung und Gegenwart. Zur Bewußtseinsgeschichte der Dreißiger Jahre in Deutschland. Weinheim 1995, S. 69-168, hier: S. 91.

2 Wolfgang Koeppen, Friedo Lampe und Felix Hartlaub, in: Merkur. Deutsche Zeitschrift für europäisches Denken (1957), S. 500-503, hier: S. 501.

Lampe die Auslieferung nicht mehr erlebte und seine düstere Ahnung, es werde »wohl wieder mal ungesehen im Chaos untertauchen,«[3] sich bewahrheitete. Fast ungesehen endete auch Lampes Leben im Chaos der letzten Kriegstage, als er von einer russischen Patrouille am 2. Mai 1945 für einen SS-Mann gehalten und erschossen wurde. Nach seinem Tod blieb die Resonanz auf sporadisch publizierte Neudrucke der Romane (1949/50, 1976) gering. Die erste Ausgabe des »Gesamtwerks« (1955) wurde zwar von Kritikern wie Kollegen[4] hoch gelobt, doch konnte sie den Autor im Bewußtsein des sogenannten lesenden Publikums genau so wenig heimisch machen wie eine zweite (1986), die – ihrerseits vergleichsweise heftig begrüßt – wiederum nur schleppend Leser fand. Immerhin waren während der 70er Jahre sowohl französische als auch niederländische Übersetzungen der beiden Romane erschienen. Georges-Arthur Goldschmidt schrieb in einer Rezension der französischen Taschenbuchausgaben und der bis heute einzigen Biographie: »Es geht ja darum, Friedo Lampe

3 Friedo Lampe, Briefe, hrsg. von Johannes Pfeiffer, in: Neue deutsche Hefte (Mai 1956), S. 108-122, hier: S. 122.

4 Vgl. etwa Hermann Hesse in der Rubrik »Das Buch«, Weltwoche (Zürich), 11.11.1955.

bekannt zu machen, der im literarischen Raum der deutschen Sprache so lange in den Schatten verbannt war«[5], dort ist er bis heute geblieben. Allerdings erfüllte sich angesichts der jüngsten Publikationen die schwache Hoffnung, die der Autor 1933 in einem Exemplar von »Am Rande der Nacht« notierte, doch noch –

> Mein Kind, bei der Geburt so rund und rot,
> Aber nach vier Wochen, da war es tot.
> Es liebte die Lüfte mild, frei und weich,
> Es konnte nicht atmen im Dritten Reich.
> Aber wir haben Geduld und wollen mal sehen,
> Vielleicht wird es noch einmal auferstehen.[6]

Womöglich gilt das für sein schmales Œuvre insgesamt. Dafür könnte sprechen, daß eine vergleichbare »Auferstehung« sich auch in der akademischen Rezeption zeigen läßt. Kurt Kusenberg, der für Friedo Lampe »ein Plädoyer vor dem Gerichtsstuhl der Kunst« hielt, hatte noch ahnungsvoll bemerkt: Eine »Geschichte der neueren deutschen Literatur, die ihn mit drei

5 Georges-Arthur Goldschmidt, »Une œuvre silencieuse«, La quinzaine littéraire, no 488 (1987), S. 9. Eine deutsche Fassung findet sich in: STINT – Zeitschrift für Literatur, Nr. 26 (1999), S. 121f.

6 Friedo Lampe, Briefe, a.a.O., S. 110.

Zeilen abtut, ermangelt der richtigen Wertsetzung.«[7] Clemens Köttelweschs Bibliografie verzeichnete bei Lampe nur im ersten der vier Berichtsjahre (1959/60, 1970, 1980, 1990) eine einzige Nennung. Aber seit dem Ende der 80er Jahre sind nicht nur zwei Doktorarbeiten entstanden, in denen Lampes Werk (unter anderen) eine wichtige Rolle spielt, sondern auch ein Sammelband zur »Bewußtseinsgeschichte der Dreißiger Jahre«, für den das gleiche zutrifft. Als einer der besten Schriftsteller, die während des Dritten Reiches veröffentlichten, war er freilich bereits sehr viel eher gewürdigt worden; allen voran von Hans Dieter Schäfer, dessen Arbeiten schon so manche Verkrustung aufgebrochen haben. Erstmals 1976 stellte er fest, »daß Gedichte von Huchel, einige Hörspiele Eichs, Lampes Kurzromane, ›Das stille Haus‹ von Hermann Lenz, Langes ›Schwarze Weide‹, Winklers Essays sowie die [...] Berichte Hartlaubs und Nossacks durchaus mit der Nachkriegsliteratur konkurrieren können.«[8]

7 Kurt Kusenberg, Epitaph für Friedo Lampe, in: Merkur, 26 (1950), S. 420-426; ein Nachdruck findet sich in: STINT – Zeitschrift für Literatur, 17 (1995), S. 138-146.

8 Vgl. auch Hans Dieter Schäfer, Die nichtnationalsozialistische Literatur der jungen Generation im Dritten Reich, in: ders., Das gespaltene Bewußtsein. Über deut-

Nach »Am Rande der Nacht« wird hier auch der zweite Roman von Friedo Lampe wieder in der Textgestalt der Erstausgabe vorgelegt. Sie erhält gegenüber allen späteren Ausgaben erneut den Vorzug. Abweichungen des Erstdrucks vom Manuskript sind nicht überliefert,[9] noch sind die Varianten im Nachdruck zu Lebzeiten eindeutig zu begründen.[10] Als »Septembergewitter« im Band »Von Tür zu Tür« (1943/44) nachgedruckt werden sollte, fragte der Autor in einem Brief seinen damaligen Verleger, ohne daß in dessen vorherigem Schreiben von dergleichen die Rede

sche Kultur und Lebenswirklichkeit 1933-1945, Frankfurt/M., Berlin, Wien ²1984, S. 7-68, hier: S. 65. Eine von ihm herausgegebene Anthologie – Moderne Klassik im Dritten Reich – überschrieb Schäfer mit einem Titel von Lampe, der darin denn auch viermal vertreten ist: Am Rande der Nacht , Frankfurt/M., Berlin, Wien 1984.

9 Das Manuskript scheint verloren zu sein. Als der Herausgeber 1984/85 Wolf Hermann besuchte, hatte der ehemalige Buchhändler, der Friedo Lampe mit seinem ersten Verleger Ernst Rowohlt bekannt machte, es (neben anderen!) stolz präsentiert. Nach seinem Tod erklärte die Witwe, sie habe solche Materialien wegen ihrer Übersiedlung in ein Wohnheim schlechten Gewissens dem Müll überantwortet.

10 Vgl. Lampes Brief (24.10.1937) an den befreundeten Johannes Pfeiffer: »Die Bremer Namen habe ich nun auf Dein Anraten hin noch alle verändert, so unangenehm das war, denn diese Namen bedeuten für mich sehr viel.« In: Friedo Lampe, Briefe, a.a.O., S. 111.

gewesen wäre: »Sind Sie mit den Änderungen einverstanden?«[11] Neun Monate später schickte Lampe die »durchkorrigierten Fahnen [...] und die Seiten 47 bis Schluß des ›Septembergewitter‹ – mit den Änderungen. Damit haben Sie das ganze Material für den Nachdruck in Händen. Hoffentlich kommt die Sendung gut über, denn vom ›Septembergewitter‹ habe ich nur noch *ein* Exemplar«. Er fügte an: »Die Leipziger Verlags-Druckerei bat mich am 20. Dezember um Zusendung aller in meinem Besitz befindlichen Fahnen, um ›weitere Feststellungen machen zu können‹. Ich kann mich nicht entschließen, dieses eine Fahnenexemplar, das ich noch habe, aus der Hand zu geben und schicke es erst dann, wenn Sie mich dazu auffordern.«[12] Vorerst scheint rätselhaft, worum es sich bei diesen »Feststellungen« gehandelt haben könnte. Aber unabhängig davon ist die Liste der fraglichen Veränderungen, wie Eckehardt Czucka sie aufzählt – »statt nach Dover / England (wie in der Erstauflage 1937) geht es jetzt nach Fanö / Dänemark. Pencock heißt jetzt Gyldenlöv, aus

11 Eugen Claassen, In Büchern denken. Briefwechsel mit Autoren und Übersetzern, hrsg. von H. Claassen. Hamburg, Düsseldorf 1970, S. 270-281, hier: S. 274.
12 Brief an Eugen Claassen, a.a.O., S. 276.

Hamstead wird Thorsted, aus Mary Tine. Die Wellington Street ist umbenannt in Fredericiagade«[13] –, nicht ganz vollständig. Abgesehen von einer Überarbeitung der Interpunktion[14] gibt es zwei Ausnahmen von der hier scheinbar geltenden Regel, daß bloß die Rahmenerzählung der Ballonfahrt betroffen wäre. Die Erstausgabe stellt nämlich den »Achill« der Jugendbande nicht (wie in allen Nachdrucken) als Jan Gaetjen vor, sondern dort wird er als Dickie Brent eingeführt, und zwar mit einem (sonst überall fehlenden) Zusatz: »Dickie, der Engländer, in London erzogen, weit herumgekommen, Erbe von Brent & Co., Tabakexport, erst seit zwei Jahren in der Stadt und schon unumschränkter Herrscher der ›Peliden‹.«[15] Mit dieser Figur gibt Lampe den Ballonreisenden ein terrestrisches Pendant, das in der »Dänemark«-Fassung durch die Alliteration von Fredericia-*gade* und *Gaetjen* eben

13 Eckehard Czucka, Tatsachen-Bilder. Literatur zwischen 1930 und 1940. Zum Beispiel Friedo Lampe und Wilhelm Lehmann, in: Helmut Arntzen, Ursprung der Gegenwart, a.a.O., S. 419-486, hier: S. 427.

14 Brief an Eugen Claassen, a.a.O., S. 276. Wegen Lampes eindeutiger Zustimmung ist diese Überarbeitung in die hier vorgelegte Neuausgabe eingeflossen.

15 In der Folge wird nach der vorliegenden Ausgabe zitiert, hier: S. 26.

allenfalls anklingt. Werden Namenszuschreibungen wie diese 1937 noch kaum eine nennenswerte Rolle gespielt haben, so herrschte 1943/44 längst der erbitterte Luftkrieg, und neben dem genannten literarischen Bezug könnte doch *auch* die »geographisch-politische Konstellation« die Veränderungen mit begründet haben.[16] Ähnlich verhält es sich im zweiten Fall. Die Kompanie des Leutnant Charisius marschiert zurück zur Kaserne. In der Erstausgabe »grölte [sie] ein Marschlied« (S. 71). 1943/44 heißt es dann weniger anstößig: sie »schmetterte ein Marschlied«.

Von Hamburg nach Berlin

Erste literarische Arbeiten des 1899 in Bremen geborenen Lampe sind verhältnismäßig spät, nämlich nach der Veröffentlichung seiner Dissertation über »Goeckingks Lieder zweier Liebenden« (1928) belegt. Der Autor und Freund Lampes Joachim Maass nennt als Gründe dafür:

> »... von Krankheit beschattete Kindheit, im Geiste gemächlich abenteuernde Studienzeit und weltbegreifende Jungmännerjahre mußten schweigend darüber hingehen, bis alle Erfahrung darin

16 Vgl. Eberhard Czucka, Tatsachen-Bilder, a.a.O., S. 427f.

zusammenwuchs und Ich, Schicksal und Welt Eines darin wurden. Als es aber so weit war, war die Form ungezwungen, aus eigner Herrlichkeit da; denn Form ist nichts anderes als die ästhetische Konsequenz solcher Zusammenschmelzung.«[17]

Aus Freiburg als Dr. phil. vorübergehend nach Bremen zurückgekehrt, war er in Stettin Volksbibliothekar geworden und dann bei den Öffentlichen Bücherhallen in Hamburg tätig gewesen. Dort besuchte er wohl regelmäßig die Treffen eines kleinen Autorenkreises, dem neben Joachim Maass und seinem Bruder Edgar etwa auch Martin Beheim-Schwarzbach und Wilhelm Emanuel Süskind angehörten. Das kleine Manifest der Gruppe, die sich nach der »Machtergreifung« des NS-Regimes auflöste, wird Lampe aus den Gesprächen gekannt haben, noch bevor es gedruckt vorlag; darin hieß es etwa:

»Nicht [die] Aufgabe [der Poesie], sondern ihr Wesen ist das Absolute. Mangelhaft sind daher alle Auffassungen von den Aufgaben der Poesie, die sich nicht aus der Kenntnis dieses Absoluten

17 Joachim Maass, Friedo Lampe, in: Die Neue Rundschau, 56/57 (1945/46), S. 492-496, hier: S. 495.

ergeben. Die verbreitetsten Auffassungen sind, die Kunst habe zu dienen: dem politischen Fortschritt, dem Schönheitsbedürfnis, der Unterhaltung.«[18]

Aus solcher Haltung hatte Lampes Roman »Am Rande der Nacht« (1933) Konsequenzen gezogen, doch war das nicht der einzige Grund für das Verbot.[19] Er brauchte lange, um sich von diesem Schlag (und dem Tod seiner Mutter im Jahr darauf) zu erholen. Der neue Beruf als Lektor in Berlin schien Lampe anfangs zu überfordern:

> »[...] der Umzug, Abschied von Hamburg, Rowohlt in Grünheide, lastend mit seiner ganzen Vitalität auf mir, der etwas chaotische Verlag, ein Haufen Arbeit für mich, Berge von Manuskripten [...], das Undurchsichtige der ganzen Lage, die komischen Menschen, die mich da im Verlag besuchen – all das war doch etwas zuviel für mein empfindliches Gemüt.«[20]

18 Martin Beheim-Schwarzbach / Joachim Maass, Wesen und Aufgabe der Dichtung, Beilage zur Zeitschrift für Bücherfreunde 1934. Zitiert nach dem Neudruck, Hamburg 1948, S. 3.
19 Vgl. Johannes Graf, Nachwort, in: Friedo Lampe, Am Rande der Nacht, Göttingen ²2000, S. 172.
20 Friedo Lampe, Briefe, a.a.O., S. 110.

Möglicherweise trifft Lampes bislang einziger Biograf hier gleichwohl das Richtige, wenn er vermutet, daß es gerade die (eben noch ironisierte) Vitalität Rowohlts war, die dem Autor neuen Mut gab.[21]

Im Roman »Septembergewitter« vermied Lampe Angriffsflächen wie etwa die offene Darstellung vielfältiger Formen von Sexualität und änderte, wie schon erwähnt, die Bremer Namen; den topografischen Detailrealismus behielt er freilich bei, auch wenn die Stadt hier so wenig benannt wird wie im Debut, an das die Anlage des neuen Buches bei manchen Unterschieden stark erinnert. Zwei solcher Unterschiede bestehen in der Historisierung des Geschehens, das in die Zeit von Lampes Kindheit kurz vor dem Ersten Weltkrieg gelegt ist, und in dem Rahmen der Ballonfahrt, die (unter anderen) an Stifter, Robert Walser und (unabweisbar) an Jean Paul denken läßt.

21 Vgl. Eugène Badoux, Friedo Lampe. Une psychobiographie. Lausanne 1987, S. 187.

In dem »Billet an meine Freunde – anstatt einer Vorrede« zum »Leben des Quintus Fixlein« skizziert Jean Paul die »drei Wege, glücklicher (nicht glücklich) zu werden,« die er habe auskundschaften können:

> »Der erste, der in die Höhe geht, ist: so weit über das Gewölke des Lebens hinauszudringen, daß man die ganze äußere Welt mit ihren Wolfsgruben, Beinhäusern und Gewitterableitern von weitem unter seinen Füßen nur wie ein eingeschrumpftes Kindergärtchen liegen sieht. – Der zweite ist: – gerade herabzufallen ins Gärtchen und da sich so einheimisch in eine Furche einzunisten, daß, wenn man aus seinem warmen Lerchenneste heraussieht, man ebenfalls keine Wolfsgruben, Beinhäuser und Stangen, sondern nur Ähren erblickt, deren jede für den Nestvogel ein Baum und ein Sonnen- und Regenschirm ist. – Der dritte endlich – den ich für den schwersten und klügsten halte – ist der: mit den beiden anderen zu wechseln. –«[22]

Lampe legt seinem »Septembergewitter« diese drei Wege gewissermaßen als eines seiner for-

22 Jean Paul, Werke, 4. Bd., hrsg. von Norbert Miller, München 1962, S. 10.

malen Konzepte zu Grunde, wobei der magisch-realistische Roman freilich überall »Wolfsgruben, Beinhäuser und Gewitterableiter« in den Blick nimmt. Zu Anfang des Romans blickt Mary vom Ballon durchs Fernglas auf die Stadt am Fluß hinab und sagt: »Wie friedlich liegt das da, wie muß man da idyllisch wohnen.« Der Text bekräftigt die verneinende Antwort ihres Vaters: »Ja, es sah wohl nur von oben so aus. Denn da unten, da war es gar nicht kühl, sondern es war ein schwüler Spätsommernachmittag, windstill und schwelend« (S. 6). Der Ballon wird (alles andere als zufällig auf einem Friedhof) von unten wahrgenommen (S. 6) und dann deutet sich oben erstmalig das Gewitter an, bevor der Roman den zuletzt zitierten Satz mit einer Variante wieder aufgreift und ihn zunächst in ein Stilleben[23] überführt, das nach Einführung der Kinderdrachen (als Korrespondenz zum Flugkorb) re-animiert wird. Aber zwischen den Ballonfahrtepisoden der Rahmenerzählung hält nicht allein ein »Lach-Wein-Gesicht« die »Erinnerung daran wach, daß unmittelbare Verbin-

23 Diese »nature morte« sind sehr fein dargetan bei Eckehard Czucka, Tatsachen-Bilder, a.a.O., S. 435.

dungen und Verwicklungen überstiegen werden könn(t)en«.[24] Das leisten auf ihre Weise ebenso der Dampfer »Tosca«, der (mit den von Alberto avisierten Bestimmungshäfen Genua, Neapel und Konstantinopel, S. 123) während des Gewitterregens »leis erzitternd in Abfahrtsunruhe« am Quai liegt (S. 72), und des Leutnant Charisius' ersehntes Fluchtziel: Es erscheint ihm zwar zunächst wohl als Inbegriff eines verpaßten rauschhaften Lebens, doch dann zerlegt er die geografische Bezeichnung in »Kammer« und »Ruhn« (S. 120). Die abenteuerhungrige Begeisterung Dickie Brents (»Wie ich Sie beneide – Kamerun, der Urwald, die Sonne, Kampf mit den Negern, Tigern und Schlangen –«) hatte der Soldat abgebremst (»wär' schon viel, wenn's da 'ne Gelegenheit gibt, anständig zu sterben«, S. 41). Als »Schlüssel für Kamerun« im Sinn einer »radikaleren Reise« bezeichnet er die Waffe in der Schublade seines Nachttisches (S. 120). Wenn Lampe den Offizier über seine Verlobte sagen läßt »Wollte ins Kühle und Klare. Darin waren wir uns ja so einig« (S. 117), verknüpft er »Ackerfurche« und »Sphärenflug« (Jean Paul)

24 Ebenda.

über solche Todessehnsucht ein weiteres Mal, denn oben – »im Kühlen, Klaren, Strahlenden« (S. 124) – erklärt Mr. Pencock seiner Tochter, daß es »vielleicht auch ganz schön« gewesen wäre, »so im Gewittersturm zu vergehen, zu verlöschen, hinzusinken ins Meer, ins All« (S. 124).

Komposition, parataktisch und leitmotivisch

Brigitte Weidmann hat Lampes Erzählkunst als »ein fein austariertes Spiel mit Gewichten« gekennzeichnet, »die er fast unmerklich verlagert, was nicht nur innerhalb einer einzelnen Episode geschieht, sondern auch im Zusammenhang der Episoden unter einander.« Zudem hat sie darauf hingewiesen, daß dieser Autor ein Thema häufig »auf mehrere Figuren und Episoden« verteilt, »die durch übergreifende Motive miteinander verknüpft werden,«[25] und Gert Sautermeister nennt Lampe einen »Meister der Kontrastbildungen, der Mischungen von Gegensätzen und der Ambivalenzen, wie die gesamte Anlage sei-

25 Brigitte Weidmann, Erinnerung an Friedo Lampe. Exemplarische Motive in seinem Werk, in: Neue Rundschau, 89 (1978), S. 453.

nes Romans verrät.«[26] Zu den bislang oft vernachlässigten Verknüpfungen gehören im »Septembergewitter« fraglos die Entsprechungen und Übergänge zwischen den Sphären der Erwachsenen und der Kinder. Bei jeweils unverkennbarer Distanz des Autors entsprechen den Soldaten mit Leutnant Charisius die Peliden mit Dickie Brent, und so korrespondiert der Aufklärung des Verbrechens die Ergreifung des »Drachen-Emil«. Aber gleichzeitig werden die Kinder, die ja den Mörder zuerst erkennen, in die rohe und gemeine Welt der Erwachsenen hereingezogen.[27] Und während die Beerdigung der Ermordeten bevorsteht, »bestatten« die Mädchen ihren Drachen (»Lach-Wein-Gesicht«),[28] der »durch seine Physiognomie und sein frühes Ende am besten Lampes zwiespäl-

26 Gert Sautermeister, Vortrag über Friedo Lampe, gehalten beim Symposium zum 100. Geburtstag des Autors am 4.12.1999 in Bremen, Manuskript, S. 3f. – Der Herausgeber verdankt diesem Text wichtige Einsichten und Anregungen.

27 Vgl. Hans Dieter Schäfer in: Jürgen Dierking/Johann-Günther König, In großer Zeit ganz klein, in: die horen 181 (1996), 135-148, hier: S. 139.

28 Vgl. Lionel Thomas, Friedo Lampe and His Work – an Introduction, in: German Life and Letters, 14 (1960/61), S. 194-203, hier: S. 200.

tiges Lebensgefühl« verkörpert, »das zwischen Idylle und Gefährdung, Auftrieb und Angst vor dem Absturz schwankt.«[29]

Zu den »eminent musikalischen« Leitmotiven, auf deren virtuose Handhabung bei Lampe Gert Sautermeister aufmerksam gemacht hat, zählt neben dem Schwan, dessen wiederkehrendes Auftauchen regelmäßig Wollust/Leben und Klage/Tod verschränkt, auch der Friedhof, zu dem die Handlung ja immer wieder zurückkehrt.

Das fraglos wichtigste dieser Leitmotive ist freilich das Gewitter. Wie die Nacht im ersten, ist es im zweiten Roman der »eigentliche Held«, wie schon Kurt Kusenberg bemerkt hatte,[30] und Lampe macht es hier »nicht nur zum Mitspieler menschlicher Schicksale, sondern zu ihrem Mitgestalter«:

> »Der kleine Roman ist bis zu seinem letzten Drittel rhythmisch nach dem Modell des Heraufziehens und des Losbrechens eines Gewitters sowie der danach eintretenden stillen Kühle komponiert. Die Handlung schreitet sozusagen

29 Brigitte Weidmann, Erinnerung an Friedo Lampe, a.a.O., S. 454.

30 Kurt Kusenberg, Epitaph für Friedo Lampe, a.a.O., S. 424.

> nach dem Takt fort, den das sich anbahnende, sich entrollende und sich verabschiedende Gewitter schlägt. Das scheint mir doch ein bemerkenswertes Experiment in der deutschen Erzählliteratur zu sein.«[31]

Gelegentlich verschränkt Lampe – zunächst durch »klangliche Analogie« – das zentrale Motiv mit dem des Kriegs.[32] Diese Position macht sich der Autor freilich keineswegs zueigen – im Gegenteil. »Mitten im Dritten Reich konnte Lampe den Ruf nach Ordnung anprangern, das irrationale Elitebewußtsein der ›Bande‹, den dumpfen Heldenmythos des Soldatischen,« wie Thomas Scheuffelen bemerkte,[33] oder gar »den Geist jener fatalen Romantik dekuvrieren, der aus dem bürgerlichen Idyll [...] konsequent nach Langemarck und Verdun geführt hat«.[34] Auch Annette Hoffmann markiert diese Di-

31 Gert Sautermeister, Vortragsmanuskript, S. 2.

32 Annette Hoffmann, Friedo Lampe – bedrohte Idyllen. Heterogenität als Werkstruktur und Zeitphänomen. Diss. Freiburg 2001, S. 16f. (in der vorläufigen Fassung des Typoskripts).

33 Thomas R. Scheuffelen, Friedo Lampe – Septembergewitter, in: Kindlers Neues Literatur-Lexikon, München o.J. – Taschenbuchausgabe, Band 9, S. 981.

34 K. H. Kramberg, Rez. in der Süddeutschen Zeitung vom 27./28.1.1968, S. 20.

stanz: »Zum einen sind die griechischen Peliden und nicht die Germanen die eigentlichen Helden der Bande, und zum anderen werden die Rituale durch das Gehabe der Jugendlichen innerhalb des Romans ironisiert.«[35] Zum zentralen Motiv erläutert sie: »Die einzelnen Erzählstränge folgen der idyllischen Deutung des Gewittermotivs, das von der Bedrohung der Idylle bis hin zu ihrer Erneuerung reicht. Sowie die Atmosphäre nach der Entladung des Gewitters von der drükkenden Hitze befreit ist, werden in Analogie dazu die meisten Geschichten abgeschlossen.«[36] In der Tat bedeutet das Gewitter zunächst »todbringende Gefahr in der Luft, reinigende Klärung und Auflösung aller Rätsel [...] auf der Erde,«[37] und zwar wirkt es »klärend sowohl im Sinne des Ausgleichs wie der Katastrophe.«[38] Es bedeutet aber noch mehr und anderes. »Offenbar bricht für ihn mit dem ersehnten Ausbruch des Gewitters auch Eros mit aller Macht durch,« interpretiert Gert Sautermeister und verweist darauf, daß »die Trias Mensch, Natur und Krea-

35 Annette Hoffmann, Friedo Lampe – bedrohte Idyllen, a.a.O., S. 23.
36 Ebenda, S.11.
37 Eckehard Czucka, Tatsachen-Bilder, a.a.O., S. 434.
38 Helmut Arntzen, Nebeneinander, a.a.O., S. 121.

tur« sich darin »zu praller Lebensfülle« vereinigt.[39] Der Literaturwissenschaftler zeigt in Lampes »Gewitterprosa« Analogien zu einer Ode Klopstocks und schließt: »Wie am Ende der ›Frühlingsfeyer‹ neigt sich der ›Bogen des Friedens‹ auch am Ende des ›Septembergewitters‹. Dieser Friedensbogen im Zeichen des erfrischten, dem Tode entronnenen Lebens war vielleicht Lampes Antwort auf den Nationalsozialismus, der dem Leben einzig und allein huldigte, um es dem Tod und der Vernichtung preiszugeben.«[40]

Gut versteckte Bildung und Gewitterprosa

Walter Kiaulehn berichtet, daß Ernst Rowohlt und seine Freunde »ihr Vergnügen an dem pausbäckigen jungen Mann« hatten, »der seine Bildung so gut zu verstecken wußte.«[41]

Was hier auf die Umgänglichkeit des Autors gemünzt ist, gilt erst recht für dessen Prosa: Gert Sautermeister hat nachgewiesen, daß Friedo Lampe im »Septembergewitter« mit dem Gestus

39 Gert Sautermeister, Vortragsmanuskript, S. 10.
40 Ebenda, S. 12.
41 Walter Kiaulehn, Mein Freund der Verleger. Ernst Rowohlt und seine Zeit. Reinbek 1967, S. 217.

seines Stils (»malerisch, lyrisch, stark atmosphärisch«[42]) nicht allein Verse von Klopstock nachbildet, sondern auch Zeilen von Hebbel, Hofmannsthal, Hölderlin und George anklingen läßt.[43] Buchstäblich malerisch sind die oft ungewöhnlichen Adjektive, die dieser Autor in seine Texte regelmäßig einstreut. Auffällige Beispiele lauten etwa »sanftgrünspanig«, »golddämmernd«, »gelbstrahlig«, »goldenwarm«, »scharfblau«, »dunkelbrauend«, »stumpfblau«, »eisengrau«, »schwarzqualmend« und »dämmrigweiß«. Zudem arbeitet Lampe mit Alliterationen und integriert so auch winzige Sprachdetails in seine Komposition. Ist am Anfang des Romans etwa vom »*Ge*knatter der *Ge*wehre«, vom »*Ge*hämmer aus dem Schiffsdock« und dem »*Ge*kreisch aus der Badeanstalt« die Rede (S. 8f.), so lautet eine Passage in der Mitte (auch des Gewitters): Christian Runge »faßte an seinen Hut, den ihm ein *W*indstoß fast vom Kopf gerissen hätte. Es war ein dumpfes Rumoren und Gären hier unten am *W*allgraben, ein schweres *W*ühlen des *W*indes in *B*äumen und *B*üschen« (S. 63, kursive Hervorhebungen vom Herausgeber).

42 Friedo Lampe, Briefe, a.a.O., S. 108.
43 Manuskript, S. 7-9.

Mit der Aufzählung solcher technischen Mittel ist freilich bloß die eine Seite von Lampes Kunstfertigkeit angeklungen. In einem Brief an den Verleger Eugen Claassen hatte der Autor seine eigentlichen Absichten bekundet. »Ja, das möchte ich wirklich: volkstümlich und schlicht und doch neu in der Form sein«, schrieb er da. »Ich glaube tatsächlich, daß meine Geschichten so einfach und unterhaltend sind, daß sie auch völlig unliterarische Menschen lesen können und daß sie sich wirklich für weitere Kreise eignen.«[44] Mit der hier beabsichtigten und erhofften Volkstümlichkeit tritt nun die zweite Seite der sprachlichen Kunstfertigkeit des Autors hervor, die Kurt Kusenberg, der den Autor entsprechend zitiert, als »Lampesche Koboldereí« bezeichnet hat. »›Ich schreibe, wie man spricht‹, sagte Lampe einmal. ›Das ist mein ganzer Trick‹. In der Tat hören seine Erzählungen sich an wie notiertes Reden [...] und jede Figur spricht, wie ihr der Schnabel gewachsen ist.« Immer wieder werden umgangssprachliche Wendungen und Floskeln eingestreut. Daß aber »die Erzählungen wie gesprochen klingen, ist in Wahrheit

44 Eugen Claassen, In Büchern denken, a.a.O., S. 275.

hohe Kunst: das sehr Durchdachte, sehr Geformte rundet sich zum Natürlichen zurück.«[45]

Kleine Literatur und Schizo-Anmut

Hatte Lampe dem befreundeten Johannes Pfeiffer schon die erste Arbeit als »ein *kleines* Buch« avisiert, so dürfte er sein ›Septembergewitter‹ ähnlich eingeschätzt haben: »Ich müßte jetzt einen zweiten großen Schritt vorwärts tun nach ›Am Rande der Nacht‹,« schrieb er Anfang Juni 1944. Wenig später erklärt er: In »großer Zeit ist es am besten, ganz *klein* zu sein und fast zu verschwinden.« Und fünf Wochen vor seinem Tod teilt er mit, daß es schwer sei, bei Fliegerangriffen, Nachtdienst und Volkssturm »sich zwischen alldem noch eine *kleine* Stelle ziviler Freiheit und Einsamkeit zu erkämpfen, und es wird immer schwerer.«[46] Friedo Lampe ging es nicht darum, »eine sprachliche Großfunktion zu erfüllen«, sondern er hatte »den entgegengesetzten Traum: klein werden können, ein Klein-

45 Kurt Kusenberg, Epitaph für Friedo Lampe, a.a.O., S. 421.

46 Friedo Lampe, Briefe, a.a.O., S. 108, 119, 120, 122; Hervorhebungen vom Herausgeber.

Werden schaffen.« Insofern vollführt keinen Sprung, wer hier an das Konzept einer *kleinen* Literatur denkt, wie Gilles Deleuze und Félix Guattari es Mitte der 70er Jahre mit Rückblick auf Kafkas Verwendung des Prager Deutsch entworfen hatten, zumal Kafka, wie wir wissen, einer der vielen Hausheiligen Lampes war. Die »Schizo-Anmut« des »großen« tschechisch-jüdischen Autors läßt sich auch auf das Werk des »bremischen Hellenen« beziehen, als welchen Kurt Kusenberg Friedo Lampe gekennzeichnet hatte. »Eine kleine [...] Literatur ist nicht die Literatur einer kleinen Sprache, sondern die einer Minderheit, die sich einer großen Sprache bedient. [...] Groß und revolutionär ist nur das Kleine, das ›Mindere‹. [...] Das Interessanteste ist hier wieder die Möglichkeit, die eigene Sprache, auch wenn sie einheitlich und großartig ist oder war, wie eine kleine Sprache zu benutzen.«[47] Hans Dieter Schäfer hatte zeitgleich jenes »gespaltene Bewußtsein« erkannt. Zwei De-

47 Gilles Deleuze und Félix Guattari, Kafka. Für eine kleine Literatur. Frankfurt/M. 1976, S. 39, 37, 24, 37f. – Auf diese Arbeit verweist auch Giovanni Nadiani im Vorwort zu seiner italienischen Übersetzung von ›Am Rande der Nacht‹. Vgl. ders., Creare un divenir-minore: scomodi Short Cuts sul Weser, in: Friedo Lampe, Ai margini della notte. A cura di Giovanni Nadiani, Faenza 2000, S. 9-20.

kaden später war es vergleichsweise leicht, das »zu schizoiden Verhaltensweisen geradezu auffordernde Nebeneinander« der Gegensätze in der Nazizeit auszumachen, »als Ferienreisezug und Judentransport sich begegnen konnten.«[48] Wolfgang Koeppen erklärte die Intentionen seines Kollegen für partiell eingelöst, als er formulierte: »Friedo Lampe war auf seine stille Art avantgardistisch, und er hätte zugleich auch volkstümlich sein können.«[49] Möglicherweise läßt sich wenigstens nachträglich wettmachen, was Pech, Ignoranz und Nationalsozialismus angerichtet hatten, so daß der Bremer Autor doch noch einen größeren Leserkreis fände, denn es ist ihm wahrhaftig gelungen, »fernab aller germanistischen Erörterung [...] ein hinreißendes Lektüreerlebnis« zu bereiten.[50]

Jürgen Dierking

48 Helmut Arntzen, Nebeneinander, a.a.O., S. 130.
49 Wolfgang Koeppen, Friedo Lampe und Felix Hartlaub, a.a.O., S. 501.
50 Tilman Spreckelsen, Im Gewittersturm vergehen, Rez. in der Berliner Zeitung vom 4./5.12.1999.

Umschlaggestaltung unter Verwendung des von Peter Voß
geschaffenen Schutzumschlags der Erstausgabe.
Basta Werbeagentur, Petra Bandmann

Die Deutsche Bibliothek – CIP-Einheitsaufnahme

Ein Titeldatensatz für diese Publikation ist bei
Der Deutschen Bibliothek erhältlich.

Lizenzausgabe mit freundlicher Genehmigung
der Rowohlt Verlag GmbH

www.wallstein-verlag.de
Vom Verlag gesetzt aus der Stempel Garamond
Druck: Hubert & Co, Göttingen

ISBN 3-89244-449-8